卡嘟里

那是誰的尾巴

小頭目優瑪 3

文 張友漁 圖 達姆

親子天下

目錄

作者自序（十週年紀念版）

小頭目優瑪是這樣誕生的

張友漁

那是很久很久以前的事了，大約是一九九六年夏天的某一天。

我記得是在《老蕃王與小頭目》這本書出版之後，我到屏東三地門旅行，參觀了文化園區的雕刻展覽，有一個大型的立體勇士木雕吸引了我的注意，雕刻的手法粗獷豪邁，勇士雙手彎曲平舉在身體兩側，粗壯的兩腿也彎曲著，露出了代表族群繁衍的生殖器。那名勇士的臉看起來不像勇士，比較像是一個稚氣未脫的調皮孩童。

當時我心想，這木雕在三更半夜大家都睡著的時候，會跑出去玩吧？這就是【小頭目優瑪】系列中最早跳出來的角色，一個會在半夜出來玩耍，有生命靈氣的木頭人。

接下來冒出來的角色，是陶壺。我在三地門一家藝品店看到了一個大陶壺，上頭有四條百步蛇分成兩組，盤據在陶壺的兩側，十分有意思。我盯著陶壺上的蛇看了很久，腦袋裡冒出很多想像：

有一天，這兩條蛇終於逃走了，在陶壺上流下了兩滴眼淚！蛇為什麼逃走？又為什麼哭泣？

於是我有了《蛇從陶壺上逃走了》這個故事。醞釀了一、兩年，寫了近四萬字的小說，故事大意是說，百步蛇從一個很有象徵意義的古老陶壺上逃走了，隱喻部落文化受到漢人文化的影響，正一點一滴流失。寫作的過程中，心情很沉重，一點也不開心，因為牽涉到文化傳承與保留的問題，很重的東西壓在肩膀上，當然就不輕鬆了。

結果，這個沉重的故事就被擱置在抽屜裡。

作家的腦子裡通常不會只存放一個故事，而是有很多小故事在那兒等著長大。當作家去旅行、逛街或是去爬山的時候，腦子裡的故事就會跑到窗邊透透氣，翹首期盼作家帶禮物回來給自己。作家觀察生活、觀察人、觀察樹林，這些觀察來的東西經過想像和聯想，變成一種意念，它們會自己去尋找腦海裡的故事，進行配對，擦出火花，燃燒成某個炙熱的故事，靈感就是這樣來的。

有一次，我在逛街的時候，看見有人在賣比拳頭再大一些的小陶壺，很高興的買了兩個回家，擺在書桌前，每天看著那兩個陶壺胡思亂想：

不管這兩條蛇願不願意，牠們被安置在陶壺上數百年，煩不煩哪！一睜開眼就看見同一條蛇，該說的話早在四百年前都說完了，未來的日子該怎麼過下去呢？

如果這兩條蛇相看兩相厭，每天吵架，會吵些什麼呢？蛇又是怎麼吵架的呢？陶壺就擺在書桌上，隨時都看得見，

▲這兩條相看兩厭的蛇，吵起架來，那可真是驚天動地了。

都會有新的想法。後來，我把《蛇從陶壺上逃走了》拿出來修改時，發現自己完全無法進入狀況，老天大概要告訴我，這個故事這樣子寫下去不是一個好主意。也許方向錯了，所以才會在創作的過程中卡住，感受不到半點快樂。於是我很痛苦的把寫了四萬多字的《蛇從陶壺上逃走了》扔進垃圾桶，只留下「蛇從陶壺上逃走」這個點子。你不能心疼，不能覺得可惜，對作品沒有幫助的東西，就得捨棄，否則對不起森林裡的大樹。

很年輕也很愛美的時候，我曾經作過一個夢。我夢見一個笑起來很誇張的胖仙子，她說可以幫我實現一個願望。我很高興，許了一個希望自己可以長高，雙腿也可以變得又細又長的願望，胖仙子聽完我的願望後，一臉賊兮兮的一邊狂笑一邊消失：「我會實現你的願望的，哈哈哈……」第二天我以為我長高了腿也變細了，但是沒有，我的腿變得像大象腿那麼粗，我急著大喊：「不是說要實現我的願望嗎？」胖仙子的聲音從高空中傳來：「我實現你的願望啦！哈哈哈，是相反的實現，哈哈哈……」我又氣又急，想著自己怎麼這麼倒楣，遇見實現相反願望的仙子，這下該怎麼辦？還好，最後我醒過來了。我摸摸腿，呵呵，和原來的一樣耶！

所以呀，再強調一次我常常說的，要養成寫日記的習慣，要寫下好玩又好笑的夢。看吧！如果我沒有記錄這個夢，卡嘟里森林裡就不會有調皮的扁柏精靈了。

我平常很愛蒐集種子，書架上擺了各式各樣的種子。有一陣子我很喜歡把蒐集到的種子埋進陽台的花圃裡，然後看著種子頂開土壤冒出芽來，木瓜、百香果、柳丁、蘋果、葡萄、合歡……小小的嫩芽和小貓小狗這些小小的動物一樣可愛。我的小頭目故事需要一些比較特別的角色，於是，我把熱愛種子的自己放進故事裡，這個角色就是瓦歷。

就這樣，我新故事裡的主角慢慢增加了：小頭目優瑪、陶壺上常常吵架的蛇、檜木精靈和扁柏精靈。優瑪的朋友也一個一個的來報到：吉奧、瓦歷、多米，還有一個很重要的角色，優瑪的姨婆，以前奶奶也出現了。角色都到齊後，我展開了全新的寫作，放下文化傳承的重擔，只想寫有趣的故事。當寫作的過程是享受的，那讀者肯定也能在閱讀的過程裡感受到愉悅。

竟然已跨過九個寒冬；而整套書寫完出版，則一共花了十三年的時間。【小頭目優瑪】系列從點子冒出來一直到第一本《迷霧幻想湖》出版，

親愛的讀者，你發現了嗎？一本書的誕生其實是許許多多生活中的小經歷、小念頭、小點子，甚至是一個好笑的夢組合起來的，我們除了要耐心等待，還要養成隨時記錄生活的習慣，有趣的、憂傷的、憤怒的、難堪的、莫名其妙的……都可以轉換成創作的素材。這就是我常常說的「觀察」，觀察別人，也觀察自己。你看見自己在某些行為中的反應，停下來想一想自己為什麼會這樣做或這樣想，誠實面對自己，寫下最真實的內在聲音，這會幫助你更了解自己，也更了解別人。

非常感謝親子天下重新出版這套書，讓我有機會將故事裡不太完美的地方，修改得更完美、更好看。

二〇一五年四月，十週年紀念版出版前夕

各界好評

他們這樣稱讚【小頭目優瑪五部曲】

中國時報開卷好書獎得獎理由：作者以原住民為靈感來源，創造富有民胞物與精神的卡嘟里部落，成熟的文字功力、緊湊的故事情節，讓人讀來欲罷不能。這是一本成功的中文奇幻小說，喜歡《哈利波特》的讀者可不能錯過！

——黃靜雯（苗栗市僑成國小教師）

好書大家讀入選圖書《小頭目優瑪1：迷霧幻想湖》推薦的話：最特別的是，主人翁是個女孩，展現純真本性，關心家人、朋友、部落以及森林裡的一切。此書不只是動人驚險的故事，更吸引我們的是對於不同文化的理解與感動！

——邢小萍（台北市立新生國小校長）

好書大家讀入選圖書《小頭目優瑪2：小女巫鬧翻天》推薦的話：以原住民為題材的兒童小說不多，難得本書是兒童會喜愛的奇幻小說，有創意和新鮮的題材；優美的文筆，帶領讀者進入無限想像的空間，書中人物的刻畫，栩栩如生。

——王錫璋（前國家圖書館參考組主任）

好書大家讀入選圖書《小頭目優瑪3：那是誰的尾巴？》推薦的話：原住民的文化尊重自然，不貪心，得以保有最純淨的土地及資源；人類的貪婪及私慾往往造成無法彌補的後果。優瑪運用智慧再次化解危機，結合多元文化、環境保護以及人文關懷議題，作者讓文字感動讀者，在抽絲剝繭、問題解決之後留下更深的反思與啟發。

——邢小萍（台北市立新生國小校長）

部落客媽媽口碑推薦

【小頭目優瑪】系列讓我深思許久，故事隱喻責任、愛心、環保，當孩子看完《哈利波特》時，我不確定他們心中留下什麼，看完這系列後，我確實感受到敬虔與責任，推薦給喜歡奇幻冒險故事的大孩子。

——魔女咪咪喵

人物小傳

優瑪

十一歲，卡嘟里部落頭目沙書優的獨生女。頭髮長而凌亂，常常胡亂綁一束馬尾，幾絡頭髮不安分的拂在臉上。除了雕刻，對待其他的事都很沒勁。母親早逝，和父親以及姨婆一起住。三歲時，優瑪對父親的雕刻刀感興趣，於是開始學習雕刻。四歲的時候，優瑪已經可以在木頭上刻出一隻豬的圖形；五歲的時候，她已經可以模仿父親雕刻的「出獵圖」。六歲的時候，用立體雕刻創造出和她當時一般高的小勇士，取名為「胖酷伊」。

胖酷伊

胖酷伊是優瑪六歲時完成的雕刻作品，長相幼稚卻可愛討喜。但是，胖酷伊並不滿意他的長相，他的嘴太大，四肢手腳粗細不一，讓他覺得很煩惱。平常沒事的時候，就喜歡拿優瑪的雕刻刀，修飾自己過粗的手臂，常常惹得優瑪對他大叫：「請你尊重我的藝術創意。」

胖酷伊勇敢、正直又有正義感，是個神射手，也是全世

界最會抓飛鼠和山豬的小勇士。但是，他除了會抓飛鼠和山豬之外，其他就連一隻蝴蝶也抓不到。因為優瑪許願的時候，只給了他這三樣本事。

以前奶奶

七十歲，優瑪的姨婆，沒有結婚，孤零零的一個人。優瑪還沒出生，優瑪的母親就把以前奶奶接到家裡居住。以前奶奶是一個活在以前的人，她常常說以前以前怎麼了，以前的地瓜比較好吃；以前的山比較漂亮；以前的溪流比較乾淨；甚至以前的冬天都比現在冷。以前奶奶發呆的時候，其實是在想事情，她的腦子裡裝了幾千幾百件關於以前的事，她一件一件的想，一樁一樁的回味，想得出神了，嘴角就會開出一朵香甜的微笑花。

沙書優

三十五歲，優瑪的父親。卡嘟里部落頭目，也是優秀的雕刻家、出色的獵人。堅持帶領族人維持卡嘟里部落的傳統生活。個性沉穩，充滿智慧，妻子病逝後，為了優瑪決定不再娶妻，一心培養優瑪成為一個優秀的頭目。有一次入山打獵，在卡嘟里山區失蹤。

多米

十一歲，優瑪的好友。性格優柔寡斷，拿不定主意，也下不了結論，永遠在下了決定之後立即反悔，覺得剛剛那個想法才是最好的。從小的願望一個換過一個，從來沒有一個重複過。永遠不清楚自己長大後到底要做什麼。

吉奧

十二歲，優瑪的好友。小平頭修剪得乾乾淨淨，有一對圓亮的雙眼，加上簡潔有力的語調，讓他看起來充滿自信。他個性聰明但古板，和優瑪凡事不在乎的個性成反比，要求凡事都得按規定行事，一絲不苟。優瑪是他唯一的偶像，他喜歡優瑪，凡事以優瑪為主。

瓦歷

十一歲，獵人阿通的兒子。和吉奧、多米、優瑪是好朋友。清瘦，臉呈現倒三角形，眼睛細小，說話時，尖尖的下巴老是往上仰。喜歡蒐集種子，衣服褲子上幾乎全都是口袋，用來裝更多的種子。只對和種子有關的事物感興趣。喜歡把種子埋進土裡，看看會長出什麼，因此他蒐集了一千多種稀奇古怪的種子。

帕克里

五十歲，部落長老，藤蔓的父親。沉穩內斂，不多話，但一開口說話，就充滿了權威。堅持按照傳統讓優瑪繼任頭目，幫助優瑪處理部落大小事件。

卡里卡里樹

卡嘟里部落祖先達卡倫四百年前來到卡嘟里山，剛好就是卡里卡里樹開花的季節。達卡倫為了尋找這奇異的香氣，來到部落現在這個位置，這才發現卡嘟里山區是世界上最美麗的地方。部落族人守護卡里卡里樹就像守護祖先的靈魂一樣，因為它引領他們來到這裡安居了四百年。每當秋天的時候，所有的植物都進入枯黃休眠期，卡里卡里樹卻和所有的植物反其道而行，開始冒出粉紅色的花苞，還沒盛開，就已經散發出淡雅清甜的香氣，花苞盛開時節，香氣讓每個人內心充滿了喜悅，感覺到幸福。

檜木精靈、扁柏精靈

樹形小矮人。三千年以上的樹木，才會長成一個樹精靈。森林裡超過三千年的樹木，一共有十一棵，因此有四個檜木精靈、七個扁柏精靈。他們並不住在自己的樹上，而是在森林裡四處遊玩。檜木和扁柏的葉子都屬於鱗片狀，得仔細端詳才能分辨出來。在森林裡遇見檜木精靈，可以向檜木精靈許一個願望，檜木精靈一定會達成你的願望。但是，如果你誤把扁柏精靈當成檜木精靈許願，調皮的扁柏精靈則會讓你所許下的願望以完全相反的方式實現。

夏雨

二十七歲，駐紮在森林裡從事動物研究及保育的年輕研究員。因為經費及人手嚴重不足，研究室只有他一個人。他要做的事真是太多了：必須到山上放置紅外線照相機，以便拍攝記錄動物的活動；還要蒐集各種動物的糞便，研究森林的食物鏈，以及跟蹤動物研究牠們的行為。雖然工作那麼多，但是夏雨從不喊累，因為他喜歡這份工作，喜歡做動物的朋友，願意終身為動物服務。

阿通

三十三歲，是瓦歷的父親，個性率直，有話就說，熟知森林裡所有鳥類的生態以及築巢習性。以捕捉及販賣鳥類為生，是動物保育者夏雨的頭號敵人。

搯拉蘇

六十歲，部落僅存的女巫師。責任心重，每天都在憂心沒有人要學巫術，找不到傳人，讓她無顏面對祖先。

翹尾巴小水怪

迷霧幻想湖又稱迷霧鬼湖，湖深，水草得不到充分的日照所以無法生長，湖裡沒有水草製造氧氣，連魚兒也無法生存，所以湖裡一條魚都沒有，卻住著一群需氧量極少、名叫翹尾巴的小水怪，所有的海洋圖鑑裡都沒有介紹這種怪物，所以當地人都叫牠們「翹尾巴小水怪」。

迷霧城堡堡主

五十六歲，高大、健壯，善良卻易怒，當他生氣的時候，鬍子就會冒煙著火。長年穿著一套綠色的對襟長衫，腰間繫著一條粗麻繩，暗綠色頭髮以及鬍子像刺蝟一般硬邦邦的長著，眼睛又圓又大，眼神裡有幾分屬於孩童的稚氣。

前集提要

卡嘟里部落頭目沙書優上山打獵失蹤已九個月，按照部落四百年來的傳統，由沙書優的獨生女優瑪暫時代理頭目的職位。迷糊的優瑪只愛雕刻以及在森林裡奔跑，還未適應代理頭目的職務，就遇到了岩石山崩裂、冒險進入迷霧幻想湖及大黑熊惡靈復仇等詭異事件。優瑪在好友及部落長老們的協助下，順利帶領部落脫險，也終於獲得族人們的認同與尊重，真正成為卡嘟里部落的頭目。

部落裡的女巫掐拉蘇憂心找不到巫術傳人，優瑪異想天開替她雕刻了一個小女巫木雕。沒想到誤打誤撞的巧合下，木雕變成能動能思考的木頭人巫佳佳。優瑪送給巫佳佳一個神奇巫術箱，熱心的巫佳佳一心想用巫術箱幫助別人，卻總是弄巧成拙，讓優瑪等人疲於收拾，更為卡嘟里部落帶來前所未有的大災難。優瑪等人差點喪命，在生死交關之際，巫佳佳犧牲自己，救出所有的人，卻也讓優瑪自責又傷心……

1 上山拆鳥網

優瑪在雕刻室裡心滿意足的完成了幾件雕刻作品。她把在惡靈之地發生的事，用三件作品記錄。她用紅黏土捏了小女巫巫佳佳和胖酷伊手牽手散步的泥偶；用一塊及膝高的木頭，刻了小女巫的立體木雕。她還完成一塊浮雕，描述巫佳佳從巫術箱裡拉出陶壺、鋤頭、背籃、人、菜刀、橋、山豬……這些東西塞滿了整個畫面，讓這個名為〈魔法巫術箱〉的作品看起來熱鬧非凡。

「對於巫佳佳，我做得太少，欠她太多。」優瑪看著浮雕上的巫佳佳，紅著眼眶說。

胖酷伊走到優瑪身邊看著浮雕，緊閉的嘴脣向下垂成一道弧線，久久才從脣縫中擠出一句話：「任何一個木頭人在那種時刻都會這樣做。」

「還沒來得及和她好好相處，她就化成灰燼了。」優瑪憂傷的撫摸浮雕上巫佳佳圖像。

「走吧！優瑪，我們必須離開這裡，否則你會被悲傷融化。我們去部落走走。」胖酷伊拉起優瑪便往屋外走。

兩人走過部落，往岩石山的方向走去。

他們坐在天神的禮物平台上，眺望部落，眺望遠山。昨天的一場大雨，讓卡里溪溪水澎湃洶湧，溪水奔騰的聲音響亮又清脆。

三月的卡嘟里山，滿山稚嫩的綠，在陽光下、在風中搖曳著一種充滿希望與喜悅的寧靜。靠近西邊的那片冷杉林，樹梢冒出嫩綠的新葉，讓卡嘟里森林展現出不同層次的綠。春天已爬滿山壁，一小部分來不及褪去的枯黃，在一片翠綠中搖擺著對冬的眷戀。卡里卡里樹花全落下了，現在整棵樹光溜溜的只剩下樹幹和樹枝，正式進入休眠的階段。

夏雨背著他的大背包，經過平台準備進入森林。一看見優瑪，他綻放出燦爛的笑容：

「嘿，優瑪小頭目。」

「她心情不好。」胖酷伊代替優瑪回答：「她想念巫佳佳。」

「這樣啊，」夏雨搔著後腦勺思考了一會兒：「要不要跟我到森林勞動？勞動可以幫助你忘掉傷心的事。」

「勞動？」優瑪懷疑的問：「森林裡有什麼事可以做？」

夏雨說：「今天主要的工作是更換紅外線體溫偵測照相機的底片跟電池。」

「紅外線體溫偵測照相機？那是什麼東西？」優瑪好奇的問。

「我在森林裡放置了二十幾部紅外線體溫偵測照相機，記錄卡嘟里山區動物活動的狀況。」夏雨說。

「好哇，我們就去森林走走。」優瑪起身，拍拍屁股說：「這麼好玩的事怎麼可以少了副頭目呢？」

胖酷伊聽到這句話，主動走到平台邊緣，射出三根長矛。

沒多久，吉奧、多米和瓦歷也來到了天神的禮物平台。

幾個人的腳步聲，驚動了躲藏在灌木叢底下的鳥雀，兩隻圓胖的灰褐色竹雞，一前一後慌張的從草叢裡竄出，疾速逃離山徑，鑽進遠處的草叢裡。

在雜草叢生的山路上穿梭幾個小時之後，夏雨呼出一大口氣，說：「到了，就是這裡，我們要開始工作了。」

夏雨指著一個掛在樹腰上用鐵皮保護的黑色照相機說：「一共有二十五部相機，這是第一號照相機。」夏雨打開鐵皮的扣環拿出相機，手腳俐落的取下底片換上新的，接著再更換電池。

「是誰在按照相機的快門？」瓦歷好奇的問。

「這是紅外線體溫偵測照相機，只要有體溫的動物經過，這些照相機偵測到就會自動啟動快門，『喀嚓』一聲，拍下動物的身影。」夏雨說。

「我們走過也會被拍到嗎？」多米問。

「那當然，我們也有體溫哪！」夏雨笑著說。

「胖酷伊，你就不會被拍到啦！」多米說。

「那當然，我是木頭人嘛！」胖酷伊傻笑著說。

「拍到過哪些動物啊？」優瑪問。

「山豬、黑熊、山羌、水鹿、松鼠……很多動物都被拍過。比較好玩的是，有時候會拍到山羌被『喀嚓』聲嚇一大跳的模樣；有一次居然拍到山豬黑精靈一閃而過的畫面；還曾經拍到黑熊的大屁股，幾乎占去整個畫面。」

夏雨自己講完就哈哈大笑起來。

「居然有這麼好玩的工作！」多米一臉羨慕。

「夏先生，如果沙書優經過這些地方，一定也會被拍到囉？」優瑪問。

「如果他剛好經過，當然會被拍到。但是，我從來沒有看過任何和沙書優頭目有關的蛛絲馬跡。」夏雨充滿同情的說：「很抱歉，優瑪，照相機的數量有限，無法照顧到卡嘟里森林的每個角落。」

「沒關係，我只是隨便問問。」優瑪裝出一副無所謂的樣子，輕輕拂去胸口因為思念沙書優而引起的痛楚。她掃視四周的森林，在心裡問了一句：「沙書優，你沒經過這片森林，又是從哪條路線離開呢？如果你願意留下一絲線索，我會立即追隨而去。」

一群人穿梭在天然闊葉林和杉樹林間，忙著更換底片與電池。一整天工作下來，大家都筋疲力竭。不過，雖然全身汗溼了，心情卻是愉悅的，他們和夏雨一樣熱愛這份工作。

工作完成，一行人開始下山，夏雨神情輕鬆說著他聽來的趣事：

「曾經有人在相思樹的樹洞裡發現一個棕面鶯的鳥巢，他將巢裡才一週大的幼鳥一隻隻拿出來，然後在一片及胸的矮樹叢中找到另一個築在細枝上的鳥巢。那個圓杯狀的鳥巢外頭裹著一層白色的蜘蛛絲，巢裡有四隻長著青綠色毛羽、快要學飛的綠繡眼幼鳥。這個人將一週大的棕面鶯雛鳥放在綠繡眼的巢上，再把綠繡眼的寶寶放進棕面鶯的巢裡，然後到樹叢裡躲起來。」

夏雨笑著繼續說：「二十分鐘後，綠繡眼媽媽嘴裡啣著一條蟲回來，牠遲疑的站在距離鳥巢約兩個手臂遠的地方，歪頭瞧著巢裡那四隻張大嘴、全身紅通通、半根毛都沒有的幼鳥。那模樣帶點遲疑，彷彿在說：『咦，這是我的孩子嗎？剛剛出門前還是活蹦亂跳的小傢伙，怎麼現在變成哇哇啼哭的小嬰兒？才一轉眼功夫牠們全縮小了嗎？』牠在鳥巢附近的樹枝上跳來跳去，遲疑了好一陣子，不斷轉動牠的小腦袋觀察著，最後牠還是回到巢邊，將蟲放進幼鳥張開的大嘴裡。」

「鳥類有沒有智慧呢？牠究竟認不認得眼前這窩小鳥不是自己的小孩？」

吉奧問。

「那另一個巢呢？看見自己的孩子從小變大，羽毛都長出來了，母鳥又是什麼反應呢？」瓦歷也好奇極了。

「我猜那隻母鳥從此不養小鳥了，牠決定去旅行，尋找可以讓小鳥一夕之間變大的仙丹。」多米誇張的說著，所有人都笑了起來。

夏雨說：「鳥媽媽看到幼鳥後動作變得遲疑，這也是一種思考的行為，表示鳥比我們想像中聰明。也許牠知道那不是牠的小孩，但是基於母愛的天性，所以決定繼續哺育小鳥。」

「如果一天之內，把鳥從小的換到大的，再從大的換到小的，重複換上幾次，鳥媽媽不知道會不會精神分裂？」多米說。

「這樣的實驗千萬不要做吧！別鳥媽媽還沒精神分裂，雛鳥已經被你折磨死了。」優瑪說。

「有一種叫中杜鵑鳥的雌鳥會將蛋下在鶯科鳥類的巢裡，讓別的鳥幫牠養孩子。杜鵑幼鳥的體型比鶯媽媽大上十幾倍，難道鶯媽媽無法分辨眼前這個龐然大物不是牠的孩子嗎？鳥類學家說這是因為鶯媽媽靠聲音來辨識幼鳥，而杜鵑幼鳥的聲音恰巧跟鶯寶寶的很相似。但是，我對這樣的解釋存疑。」夏雨說。

「是啊！難道鶯媽媽的眼睛無法分辨大小嗎？」優瑪說。

「我們都低估了鳥媽媽的智慧，也低估了母愛的偉大。」多米說：「別以為鳥媽媽是笨蛋。」

「糟了！」夏雨突然大叫。

前面樹林裡，一張四方形的大鳥網橫掛在兩棵烏臼樹中間，網上掛著五隻鳥，有三隻已經死亡多日，羽毛都開始掉落。其中一棵烏臼樹上的枝枒間，有一顆足球般大的螞蟻窩，蟻群已經發現鳥網上枉死的鳥屍，正群起圍攻。奄奄一息的白耳畫眉與樹鵲還倒掛在網子上，用茫然無助的小眼睛望著眼前的人類。短而尖的喙一張一合，彷彿已經乾渴了幾千年。

「天哪！這是誰幹的好事？」吉奧震驚極了！

瓦歷的臉迅速刷上一團紅暈，他覺得這很有可能是他的父親阿通幹的。

每個人的情緒都在瞬間糾結起來，就像一團用羽毛、樹皮、蜘蛛網、獸毛、尼龍繩以及臭菸蒂編織成的鳥巢。

優瑪、胖酷伊、吉奧和多米轉頭望看瓦歷。瓦歷尷尬又羞愧的站著，整個人不知所措。

「這不是阿通的手法，他不會這樣做。他最喜歡把小鳥帶回家養。這張鳥網是外面的人掛的。」夏雨說。

瓦歷鬆了一口氣，所有的人也都鬆了一口氣，如果朋友的父親幹出這樣齷齪的壞事，他們該怎麼辦才好呢？

「要進入卡嘟里山區太容易了，四面八方都有入山口，防堵不了。」

夏雨邊說邊小心翼翼的解下白耳畫眉和樹鵲，放在優瑪手上。優瑪感受到牠們的虛弱，小小身軀幾乎放棄掙扎，只剩微弱體溫，溫暖著優瑪的手心。

吉奧取出背囊裡的水壺，倒了一些水在手心，讓水珠順著掌心滑到手指，滴進白耳畫眉的嘴裡。牠潤了潤喉嚨，有了一點精神。

瓦歷環視身旁的植物，希望找點什麼蟲子好為牠補充體力。

夏雨無奈的說：「這狀況看來，牠是救不活了。」

吉奧試圖也將水餵進樹鵲嘴裡，但樹鵲的嘴卻怎麼樣也張不開。

「那隻樹鵲也會死。牠們不但失溫、受到驚嚇，而且也餓太久了。」夏雨難過的說。

優瑪好擔心手上的白耳畫眉和樹鵲，牠們看起來實在太虛弱了。

「那我們能怎麼做呢？」優瑪問：「我是說對於這些可惡的鳥網。」

「只能定期上山巡視，看到就拆掉。」夏雨說。

「只能這樣做嗎？」優瑪問。

「對，只能這樣做。」夏雨說。

「好，我去找帕克里商量，讓大家輪流上山巡邏。」優瑪說。

「走吧，我們先回研究室，看看底片裡有什麼動物朋友跟我們打招呼。」夏雨說。

幾個人一起把鳥網拆下來，吉奧拿出隨身的小刀，把鳥網割成碎片。

「用這樣的方式抓鳥，實在太卑鄙了。」吉奧忿忿的說。

優瑪取出手帕，將兩隻奄奄一息的鳥裹住，然後用手捧著：「我要照顧牠們，直到牠們恢復體力。」

一陣強勁的風吹來，相思樹上的細碎黃花像雪一般的飄落，地上堆積的枯葉被高高捲起，在空中一陣亂舞。優瑪輕輕將掉落在白耳畫眉和樹鵲身上的黃花吹走。兩隻小鳥辛苦的張口呼吸。

下山途中，優瑪再度掀開手帕探視小鳥，牠們的頭已經垂下，缺乏生氣的雙眼半閉著。她用手撥撥牠們的身體，這才發現牠們已經死了。優瑪站在山徑上，愣愣的望著手上的小鳥，其他人發現優瑪沒跟上，紛紛轉頭望去。

「牠們死了。」優瑪紅著眼眶說。

夏雨走到優瑪身邊，拍拍她的肩膀安慰她。他心裡明白，優瑪雖然身為卡嘟里部落的頭目，她畢竟還是個孩子！

夏雨接過兩隻小鳥，安慰優瑪：「牠們已經不再感到害怕與痛苦了。」

夏雨在地上挖了個坑洞，將兩隻小鳥給埋了。

森林裡一片寧靜，風在吹，吹得樹葉劈啪作響，遠處傳來竹雞響亮的鳴叫，樹上傳出悅耳的鳥鳴。優瑪抬頭搜尋，在晃動的枝葉裡找到兩隻跳動的冠羽畫眉，牠們正快樂的在樹梢上對唱，清脆的歌聲稍稍抒解了優瑪內心的憂傷。

森林有自己的樂隊，一天二十四小時，分分秒秒組合出不同的旋律；森林也有自己的生死輪迴，弱肉強食、四季更替，這就是森林豐富迷人的地方。

只要誰企圖強行介入森林的自然運作，卡嘟里部落一定會突破萬難捍衛到底，這是優瑪對剛剛死去的白耳畫眉和樹鵲許下的承諾。

2 斷裂的木梳

回到研究室，夏雨馬上進入暗房沖洗底片。

一個小時後，幾個人圍在小茶几旁看著沖洗出來的照片。

「這張什麼也沒拍到嘛！」瓦歷在一張枯朽的倒木照片裡努力尋找動物的蹤影。

夏雨湊近照片瞧了一眼，指著一條細長的黑褐色條狀物說：「你們看清楚一點，這根可不是樹枝，這是森鼠的尾巴。」他隨意拿起桌上照片解釋：「你們看，這是水鹿的左後腳、這是山羌的鼻子。」

「簡直就是猜謎遊戲！」多米驚奇的說。

「照相機偵測到動物後再啟動快門時，牠們通常已經往前移動幾步，所以有些照片只會拍到一隻耳朵、一隻腳掌、一隻後腿，或是一點點鼻子。照片的辨識工作很像和動物玩捉迷藏遊戲，你得靠這一點點的線索把牠們找出來。所以必須先大膽假設，然後小心求證。」夏雨說。

有一卷底片拍出來的全是同一隻獼猴的照片。牠擺出各種姿勢，前照後照半身照側身照，還做出各種表情，憤怒、微笑、露齒、扮鬼臉、吃山蕉，甚至還有兩個朝天大鼻孔的大特寫，就這樣用光一整卷底片。獼猴逗趣的模樣，惹得大家哈哈大笑。

「『明星』又浪費我的底片，我已經窮到要脫褲子去典當來買底片啦！牠真是一點也不同情我！」夏雨一副吃不消的模樣：「牠發現只要站在那個小機器前面，稍微變換姿勢就會發出清脆的『喀嚓』聲，閃光燈閃爍的強光一閃，牠的好奇心就來了。」

「明星？這隻猴子叫明星？」胖酷伊不以為然的說。

「看牠那個神氣的樣子，還真以為自己是明星呢！」多米笑著說。

「這是誰的尾巴呀？」優瑪將一張照片拿到眼前仔細端詳。

照片上一條毛茸茸的白色東西相當醒目。那是一條尾巴，一條毛茸茸的白色尾巴。

「這是第三樣區編號二十五號的照相機。咦，這是誰的尾巴呢？」夏雨睜大眼睛驚訝的說。

所有人也都專注的盯著那條尾巴。

夏雨估計這尾巴長度有一百公分。

「確定這是尾巴嗎？」瓦歷說：「也許是什麼東西長了黴菌。」

大家全轉頭望著瓦歷，覺得他的發言不可思議。

「有這麼長的黴菌嗎？」多米不屑的說：「正常的眼睛都看得出來這是尾巴上的毛好嗎？」

「很強壯的黴菌也可以長到這麼長啊……」瓦歷尷尬的喃喃自語。

「也許是新物種，也有可能是境外移入的外來動物。如果是這樣，這些強勢的外來種可能對山林原生動物造成嚴重的排擠作用，破壞森林生態。」夏雨說。「我得先查查這是誰的尾巴。」

「夏先生，你的工作真的很有意義，但是我們卡嘟里部落卻沒有錢可以贊助你。」

優瑪覺得很不好意思，夏雨為卡嘟里森林付出一切，部落卻一點忙也幫不上，因為部落的生活不是用錢來交易的。

「你們不是有錢人，卻是富足的人。」夏雨感激的說：「謝謝你，優瑪，你不用客氣，沒錢有沒錢的研究方法。」

「擁有這麼大尾巴的動物，體型一定大得嚇人吧！」優瑪憂心的問：「這種動物會不會跑到部落裡來？」

「那也不一定，松鼠的尾巴也很大，身體卻小小的。」吉奧說。

「松鼠尾巴蓬鬆卻短，你看這黴菌——我是說這尾巴，這麼長。」瓦歷比手畫腳。

「我不記得在世界動物圖鑑上看過這種動物。我也非常好奇。」夏雨興奮的情緒裡透著幾分憂慮：「得先通知進入森林打獵的族人，不要單獨入山。在還不清楚這個大傢伙的生活習性之前就撞見牠的話，相當危險。」

「夏先生，我以後長大也要像你一樣成為動物學家。」多米用崇拜的眼神望著夏雨說。

「你昨天不是才說要成為氣象員，觀察氣候變化嗎？」瓦歷調侃她。

「那是昨天，是過去式，現在是進行式，現在怎麼想才是最重要的。」多米理直氣壯的說。

大夥兒暫時把大尾巴擱在一邊，繼續拿著紅外線體溫偵測照相機拍回來的照片玩猜謎遊戲。但是，那條白色的大尾巴卻像卡在喉嚨裡的小魚刺，隱隱的刺著每個人的神經。

隔天，優瑪召開臨時會議。

「卡嘟里森林裡發現了獵人放置的鳥網，還出現了奇怪的動物。」優瑪將照片給族人看：「但是只拍到一條尾巴。」

「尾巴這麼粗大，體型一定更大。」大樹瞪大雙眼看著照片上的大尾巴。

「我們必須分組定期上山巡邏，看到鳥網就拆，否則，有一天我們就聽不見鳥兒在卡嘟里森林裡唱歌了。」優瑪說。

族人們紛紛表示支持。

「在還不知道這條尾巴的主人是否具有危險性之前就貿然上山拆鳥網，

如果被吃掉了怎麼辦？」雅格憂慮的問。

「這尾巴看起來讓人心裡發毛。」阿克斯皺緊眉頭說。

「怎麼會有這樣的動物？不會是惡作劇吧？」瓦拉懷疑。

「不可能。」夏雨篤定的說：「紅外線體溫偵測照相機要感應到動物的體溫才會自動拍照，沒有體溫的物體是不會被感應到的。」

「從來沒見過這樣的動物。」雅格更憂慮了。

「真讓人擔心，不知道這傢伙是吃素的還是吃葷的？」阿莫也抓著下巴擔憂的說。

「一條尾巴就把大家嚇成這樣，別擔心啦！我們是卡嘟里族人耶！居然怕一條尾巴，真是笑死人了。」阿通提高嗓門用充滿自信的語調說。

「阿通，這件事不是鬧著玩的，進入森林千萬不可大意……」帕克里提醒他。

阿通卻打斷帕克里：「放心啦！卡嘟里森林裡我還有什麼沒見過呀！」

「大家日後得三人一組進入森林，如果遇到危險，三個人可以互相支援。」優瑪說：「希望夏先生的照相機下次可以拍到整隻動物的影像。」

帕克里微笑望著優瑪，心裡有種說不出的安慰，他覺得優瑪好像長大了。

會議很快就結束。

族人們離開之後，優瑪和多米被吉奧跟瓦歷請到老榕樹下。他們在老榕樹上架起一個鞦韆，特地找多米和優瑪來試坐。

「這是全世界最穩固的鞦韆。」吉奧挺著胸膛自豪的說。

「它是全世界盪得最高的鞦韆。」瓦歷討好的說。

「你們一點也不擔心那隻有白色大尾巴的怪獸嗎？還有興致在這裡玩鞦韆？」優瑪叫了起來。

「就算擔心，大尾巴怪獸也不會自己消失不見。放鬆一下嘛，優瑪。」多米不以為意的說。

「我表演給你們看。」瓦歷跳上鞦韆，屈膝用腳和腰部的力量盪了起來。

多米看得直拍手：「瓦歷，你下來，換我換我啦！男生不可以盪鞦韆。」

瓦歷把鞦韆盪得半天高，不理會多米：「那是以前的事，現在的人，誰想盪鞦韆就可以盪鞦韆。」

「以前的人說，男生盪鞦韆會生不出孩子。」多米大聲叫著：「你再不下來會當不了爸爸。」

優瑪則在一旁蒼白著一張臉，看著愈盪愈高的鞦韆。

「你們在榕樹身上架鞦韆，老榕樹會不高興的。」優瑪說。

「老榕樹才不會不開心，它每天孤孤單單的在這裡，多無聊，有我們陪它，你聽它多開心哪！」吉奧豎起食指放在嘴脣上，示意大家安靜。

風吹動老榕樹的樹梢，傳出一陣陣窸窸窣窣的樹葉摩擦聲。

「你怎麼知道它開心？」優瑪問。

「你又怎麼知道它不高興呢？」吉奧回問。

「我掛一個五公斤的沙袋在你手臂上，一年到頭都不准拿下來，看你高不高興。」優瑪說。

「我又不是樹。」吉奧說。

瓦歷從鞦韆上跳下來，多米立即坐上去，慢慢盪高，吉奧在後面幫忙推。

「推鞦韆是我們勇士的工作。」吉奧邊推邊嘻皮笑臉的說：「優瑪，等一下換你坐。」

「我不要。」優瑪堅決的說。

「等你出嫁那天，你還是得要盪鞦韆，不要都不行，現在先練習練習。」吉奧說。

「誰說女孩子出嫁一定要盪鞦韆？」優瑪說：「我是頭目，我可以廢止這個項目。」

「不可以！從以前到現在都是這樣，那是個傳統儀式，你不可以隨便廢止。優瑪，我喜歡盪鞦韆，新娘子盪鞦韆的樣子真的好好看哪！」多米在鞦韆上叫著，鞦韆的速度把她的聲音切割得零零碎碎。

優瑪看著愈盪愈高的多米，嚇得一顆心差點兒跳出喉頭，雙腳不知不覺竟然發抖瘓軟下來。

「你幹麼這麼討厭鞦韆？我以為架上這個鞦韆你會很開心呢！我們忙了一個早上才弄好。」吉奧好沮喪。

多米從鞦韆上跳下來：「優瑪，換你試試，這個鞦韆真是棒透了！盪到最高點，還可以看見瓦歷的家。」

多米拉著優瑪去坐鞦韆：「很好玩的，你試試。」優瑪掙脫多米，卻被吉奧和瓦歷團團圍住。

「我不想坐。」優瑪轉身想跑。

幾個人一起把優瑪給架到鞦韆上。

「放我下來，放我下來！」優瑪大叫。

「她不想坐，你們聽到了沒有？」胖酷伊大聲的說，並且動手去拉瓦歷和吉奧，卻被瓦歷推開。

優瑪很快就被推上鞦韆坐下，開始前前後後的飛盪起來。

鞦韆愈推愈高，優瑪就愈叫愈大聲：「放我下來，放我下來！」

「放我下來，放我下來啦！」最後，優瑪大哭起來。「嗚哇……我不敢盪鞦韆，我有懼高症啦！嗚……」

幾個人見優瑪哭了，慌了手腳，趕緊拉住鞦韆讓優瑪下來。

優瑪跳下鞦韆，氣呼呼的抹著眼淚說：「我再也不跟你們講話了。」

「這下真糟糕，不敢盪鞦韆，你一輩子都嫁不掉了。」多米充滿同情的看著優瑪。

「誰說一定要盪鞦韆？那是以前的事。以前的以前，肯定沒有結婚盪鞦韆的儀式。」優瑪抹掉眼淚忿忿的說。

「以前到現在一直都是這樣，以前的以前一定也是這樣。優瑪，你現在是頭目，你不能改變祖先傳下來的儀式！」吉奧說。

「我去問以前奶奶，如果以前的以前沒有盪鞦韆這樣的儀式，我就可以廢止結婚盪鞦韆的儀式。因為我們必須遵守以前的以前的傳統。」優瑪說完便氣呼呼的走了。

她臨走前還扔下一句話：「世界上沒有人只有動物的時候，根本就沒有盪鞦韆這樣的事。」

「以前的以前，到底要回到哪個時候的以前哪？」吉奧疑惑的撓著腦袋。

「以前的以前，一定是達卡倫剛剛來到卡嘟里森林的年代。」瓦歷說。

「那麼久的以前，以前奶奶恐怕都還沒有出生呢！」多米也無法理解。

鞦韆隨風輕微的擺動，老榕樹樹梢也沙沙作響，鞦韆和榕樹彷彿正在輕聲談論剛剛發生的盪鞦韆事件。

以前奶奶在太陽下曬棉被，她把棉被掛上竹竿，扯著棉被的四個角，直到它們在陽光下整齊對稱。

優瑪跑進庭院，來到以前奶奶身旁，開口就問：「姨婆，以前是什麼時候？多久以前才叫以前？」優瑪急切的問：「以前的以前有沒有女生一定得邋鞦韆才能結婚這件事啊？如果以前的以前沒有，是不是就可以廢止？」

以前奶奶拍拍棉被，慢條斯理的說：「傻瓜，以前的事怎麼可以廢止呢？現在很多東西都是以前的人一步一步創造出來的。你現在住的這幢房子，就是你以前的家人蓋的呀！他們蓋了這幢房子，讓你有遮風避雨的地方。如果沒有以前，就沒有現在，傻瓜！」

「但是更早更早的以前，一定沒有什麼儀式，人就是這樣簡單的活著，後來才增加很多儀式和祭典。」優瑪繼續說。

以前奶奶走回屋簷陰涼處，坐在籐椅上，從口袋裡拿出一把木梳，緩緩梳著灰白的頭髮，眼神迷濛的望著遠山。

那是一把山豬形狀的木梳，山豬的腳被一根根的木齒取代，因為使用頻繁，山豬背脊握把被磨得油亮光滑。

「我喜歡以前，以前真的很好。」以前奶奶說。

「你的以前是什麼時候呢？」

「我的以前哪，就是好久以前囉！」

優瑪笑了起來，以前奶奶的以前只屬於她自己；優瑪自己的以前指的又是什麼時候呢？肯定是沙書優還沒有失蹤以前。

優瑪在以前奶奶身旁的另一張籐椅上坐下，隨她的眼神望向綿延的遠山。兩人安靜的坐了一會兒，忽然聽到木梳斷裂的聲音。

以前奶奶將木梳拿到眼前，凝視著裂成兩半的木梳，表情非常傷心。

優瑪望著以前奶奶，她看起來好憂傷啊！

「姨婆，沒關係的，我做一把跟這個一模一樣的梳子送你。」優瑪摟著以前奶奶單薄的身子說。

「你可以做一把一模一樣的梳子給我，但是你做不出『以前』的味道哇！」以前奶奶緩緩從椅子上站起來，往屋裡走去。

優瑪望著以前奶奶的背影嘟囔著：「姨婆，時間久了，自然就染上以前的味道了嘛，是不是？」

以前奶奶沒有回答。

「不同的以前有不同的味道，就像她剛剛釀好的酒，一定得浸泡在時間裡，染上足夠的『以前』，這酒才會香醇。」胖酷伊在剛才以前奶奶所坐的位置上坐下。

優瑪望著胖酷伊，覺得很不可思議：「胖酷伊，你這番話好有哲理喔！」

「我雖然是木頭人，但是我會思考，常常思考就會有進步。我最近常常思考。」胖酷伊表情認真的說。

「會不會有一天，你變聰明了，就再也不想抓山豬和飛鼠？」優瑪問。

「明天還沒發生，我怎麼知道呢？但是，到今天為止，我還是很喜歡追逐山豬哇！」胖酷伊忽然想到什麼，他瞪大眼睛望著優瑪：「你剛剛的意思是說，我以前是一塊很笨的木頭，所以才會喜歡抓山豬和飛鼠嗎？」

「我……我不是這個意思……我是……」

「哼，你完全忘記這全是你的錯，如果不是你許願讓我只會抓山豬和飛鼠，我怎麼可能只有這一丁點兒的本事呢？」

優瑪無言的看著陪伴她長大的胖酷伊，覺得他和以前有一點不一樣。

夜深了，優瑪走出雕刻室，準備回房睡覺。經過以前奶奶房間，看見以前奶奶坐在窗邊，低頭撫摸斷裂的木梳。

月光照著以前奶奶的臉龐，她看起來彷彿被沉重的心事包圍。那把木梳有著怎樣的故事呢？優瑪本想進去問個清楚，卻又縮回已跨出的腳。

不要打擾她吧！每個人都需要獨處，已經很老的以前奶奶也不例外。

3 卡嘟里森林的大麻煩

優瑪早上醒來，到處找不到以前奶奶。而胖酷伊把廚房弄得一團糟，鍋碗瓢盆散了一地。

「胖酷伊，你在幹什麼呀！」優瑪叫了起來。

「以前奶奶不在家，我想煮點小米粥給你吃。」胖酷伊一臉無奈的傻笑著：「沒想到我連小米粥都不會煮。」

優瑪走向胖酷伊，在他的額頭親了一下，說：「謝謝你了，胖酷伊。」

優瑪拿起一根放在桌上的香蕉吃了起來：「奇怪，以前奶奶從來不會這樣，她去哪裡了？」

「我一大早就沒見到她。」胖酷伊說。

「走吧，我們今天還得跟夏先生上山工作。姨婆也許去找烏娜或者掐拉蘇聊天了。」優瑪又拿了兩根香蕉：「有香蕉當早餐也不錯。」

「以前奶奶從來沒有在早餐的時候不在家，她去哪裡了呢？」胖酷伊自言自語著。

森林裡，樹葉和草地上的露珠還晶瑩剔透的掛在葉梢，優瑪和她的副頭目們再度跟著夏雨進入卡嘟里森林更換紅外線體溫偵測照相機的底片。他們一方面覺得這是件有趣的工作，另一方面也期待這次照相機可以拍到完整的大尾巴怪獸。

「希望謎底盡快揭曉。那截白尾巴真是讓我坐立不安。」優瑪說：「牠讓我做了一場惡夢，我夢見牠是個龐然大物，一張口就吞下整棟房子。」

「大尾巴怪獸就像一個未爆彈，藏在卡嘟里森林裡，沒有人知道什麼時候會爆炸。」吉奧說。

夏雨從背包裡拿出新的底片，一一拆去包裝盒。

「夏先生，你真的當了褲子買底片嗎？」優瑪關心的問。她記得夏雨曾經說過，他就要沒錢買底片了。

夏雨愣了一下，哈哈大笑起來，然後手搛著腦袋尷尬的說：「優瑪頭目，你不用擔心，我沒當褲子啦！褲子很舊，當不到錢。」

優瑪望著夏雨，想不透他是怎麼變出錢來度過難關的？度過了這個難關，下一個難關又該怎麼辦呢？有什麼方式可以幫他呢？

兩隻大冠鷲嘹亮悠遠的叫聲此起彼落的在森林上空迴盪。

山腳下傳來清脆的流水聲，優瑪停下腳步回頭望去，卡里溪像一條銀色絲帶，溫柔的在山腳下迂迴前進。在這麼遙遠的地方依然可以聽見卡里溪悠揚的歡唱聲，親切的陪伴每一個進入森林的族人。

更換完所有底片後，一行人興沖沖的加快腳步下山，解讀照片變成一件有趣又刺激的事。

回到研究室，夏雨進入暗房沖洗照片。等待照片沖洗的時間，優瑪和副頭目們在研究室外散步，兩隻瘦雞無精打采的在菜圃裡東啄啄西啄啄，眼看就要把夏雨菜園裡的菜啄光了。

「這個夏先生過的是什麼日子啊！」多米訝異的說：「你看，一棵菜也沒有，又不打獵，這兩隻雞不知道下蛋了沒有？」

「他可以把雞殺來進補。」吉奧說。

兩隻雞好像聽得懂似的，用忿忿的眼神歪頭瞪著吉奧。吉奧見狀，立即心虛的將視線移開。

「住在卡嘟里森林是不會餓死的，森林裡有野菜、野果、香蕉，食物多樣又豐富。」優瑪說。

一隻正在樹上午睡的猴子，被樹底下的人聲吵醒，氣呼呼的用力搖晃樹枝，嘩啦嘩啦的落下許多落葉。猴子憤怒的模樣，讓胖酷伊變得很興奮，他想到惹猴子更加生氣的方法，學猴子的動作在樹下兜圈子，嘴裡還發出吱吱嘰嘰難聽的叫聲。猴子果然被激怒，更用力的搖晃樹枝，在樹枝上跳來跳去並且吱吱亂叫。

猴子的表現讓胖酷伊更樂了，他繼續學猴子走路並且誇張的叫著，猴子氣死了，站在樹枝上冷不防的撒了一泡尿在胖酷伊頭上。胖酷伊閃避不及，被淋了滿身猴子尿液。猴子見狀，在樹上開心的拍起手掌。

胖酷伊氣得走向牆角的水缸，拿起水瓢沖洗身體，木頭身體浸透水，整個人變成巧克力色。

「哈哈，巧克力胖酷伊。」多米大笑，其他人也笑了起來。

胖酷伊尷尬的傻笑，忙著拍掉身上的水漬。

夏雨探出頭來，焦急的喊著：「大事不好了！優瑪頭目，請你們快來看！」

優瑪一群人急匆匆的進入屋裡。

小茶几上擺著剛剛沖洗出來的照片。

「紅外線體溫偵測照相機是固定在樹上的，每一部照相機拍出來的背景應該都一樣，但是這二十幾部照相機拍出來的照片背景，和我擺放照相機的地點完全不同。」夏雨翻著照片憂心的說。

「你會不會弄錯照相機的編號，或是記錯背景了呢？」吉奧問。

「一定有人拿走我的照相機去拍照後又放回來。」夏雨挑出一張照片：「你們看這張。」

那是一張三人小組上山拆除鳥網的照片，畫面是從上往下拍攝的，看不清楚被拍攝者的臉孔，但是從身形和穿著可以判斷出這三個人是瓦拉、大樹和阿通。

「我從來沒有把照相機擺在這麼高的位置。」夏雨說。

大夥兒面面相覷，嗅到了不尋常的氣味。

猴子明星被拍到幾十張照片，有一張照片看得出牠受到相當大的驚嚇，身上的毛髮全豎了起來，兩隻眼睛睜得又圓又大，嘴巴也張得大大的。牠看到了什麼？什麼東西會讓猴子驚嚇成這副模樣呢？其他照片則是明星不耐煩的怒瞪拍照者，有幾張則是明星氣呼呼離開的背影。

「這太詭異了，每一張照片的景象都是完整的，不像以往只有一截尾巴、一隻耳朵或一隻腳掌，因為照相機是有動物經過才會啟動自動照相功能，通常這時候動物都已經往前走了幾步，除非動物剛好停下來。但是這些照片裡的動物不僅完整，還是近距離拍攝，每一種動物都入鏡了，山羌、水鹿、黃鼠狼、大黑熊、松鼠、山豬、黑精靈、白面鼯鼠、眼鏡蛇、貓頭鷹……牠們看起來都受到很大的驚嚇。」夏雨指著照片解說著，他的臉上也掛著驚懼的表情。

優瑪嚴肅的問夏雨：「你認為誰會這麼做？」

「我也不知道。這個『人』拿著我的照相機到處拍。一個『人』無法拿著二十幾部照相機到處照相，所以，我估計不只一個『人』做這件事，是好幾個『人』做的。」夏雨憂心忡忡的說：「這是我從事動物研究工作這麼多年來碰到最詭異的事。」

「好幾個人做的？」瓦歷說：「也許這只是一次惡作劇。」

「惡作劇？是誰在惡作劇？目的又是什麼呢？」多米問。

「至少知道是人做的。」胖酷伊說。

「我可不確定是人做的。」夏雨說。

「不要這樣嚇我啦！不是人，難道是鬼嗎？」多米叫了起來，害怕的往吉奧身邊靠過去。

吉奧翻閱著照片，不解的問：「咦，怎麼不見那條白色的大尾巴？」

幾個人七手八腳的翻找照片。

「是啊！連影子都沒有。」多米說。

「拍照的會不會就是那條白色尾巴的主人呢？」瓦歷仰起尖尖的下巴問。

「誰知道那條尾巴的主人到底是胎生？還是卵生？有手有爪還是腳蹄？」吉奧說。

「照這些跡象看來，真的有人拿走你的照相機到處亂拍。」優瑪說。

「還不確定是人還是其他什麼『鬼怪』做的。」多米說。

「看來卡嘟里森林有大麻煩了。」胖酷伊邊說邊走到屋外，樹上那隻猴子對他的吸引力大過那條大尾巴。

「卡嘟里森林是受到天神寵愛的森林，天神不會允許邪惡的動物進入森林搗亂的。」優瑪說。

優瑪原本以為今天可以揭開白色大尾巴的真面目，沒想到非但沒有白色尾巴的新線索，還增加了一件讓她掛心的事。

是誰移動照相機並且到處照相呢？

夏雨送優瑪和副頭目們走出門口，看見胖酷伊在學猴子走路，把猴子氣得在樹上又跳又叫。

「那隻猴子叫英雄，在猴王爭霸戰中受了重傷，左手掌斷了，我把牠帶回家照顧，治好牠的傷口，牠從此就不肯走了。」夏雨說：「胖酷伊，你得小心，英雄的脾氣可壞了。」

胖酷伊臨走前對著樹上的英雄做出齜牙咧嘴的挑釁動作，然後在英雄撒下第二泡尿之前迅速逃離，氣得英雄在樹上暴跳如雷，搖落一地枯葉！

胖酷伊用猴子語言說了一句：「你是隻只會亂撒尿的壞脾氣猴子！」英雄在樹上傻愣愣的望著優瑪這群人離開的背影，牠無法理解，那個木頭人為什麼會說猴子的語言？

回部落的途中，沿路楓樹的葉子全落了，紅色的葉片把地面鋪成紅地毯，幾個人踩著厚厚的枯葉，發出清脆的聲音，兩隻松鼠一前一後相互追逐著跳到另一棵樹上。

瓦歷沿路踢著楓樹葉，尋找躲藏在樹葉底下的種子，他感覺腳底下似乎踩到了什麼東西。

他彎下腰撥開樹葉，拿起一個黑色的長方形小鐵盒，上頭有一顆紅色按鈕，側邊還有一個類似鑰匙孔的小孔，他端詳了半天：「這是什麼呀？」

優瑪和其他人已經走遠了，聽見瓦歷喃喃自語的聲音，多米回頭對瓦歷說：「你又撿到了什麼垃圾啦？」

瓦歷沒理會多米的嘲笑，將小鐵盒放進口袋裡，繼續踢著枯葉前進。

4

夏雨和阿通的戰爭

大樹、瓦拉和阿通從森林巡邏回來，特地繞到優瑪家。

優瑪被他們身上的傷嚇一跳，他們臉上瘀青、眼睛紅腫，瓦拉的衣服甚至被扯破。

「誰把你們打成這樣？」優瑪問。

瓦拉說：「我們遇見捕鳥的外族獵人，在山上打了一場架。」兩隊人馬，誓不兩立。

「我警告他們，要是膽敢再來卡嘟里森林架設鳥網，就讓他們爬著回去。」大樹忿忿不平的說，他的左臉一片紅腫，眼睛幾乎睜不開，嗓門卻依然宏亮。

「你們都沒看見，他們看到那張被我們剪成碎片的鳥網時，眼睛幾乎要噴出火來了。」瓦拉說：「我告訴他們，誰也不准帶走卡嘟里森林裡的任何一隻鳥。」

優瑪、吉奧和多米看了阿通一眼，他們眼神好像在說阿通也是一名捕鳥的獵人。

阿通察覺到不友善的目光，他滿臉不高興的站起身說：「你們這樣看著我幹什麼？我可是連一張鳥網也沒有喔！」阿通說完眼睛朝瓦歷那兒望了一眼，希望得到兒子的支持，但瓦歷只是冷冷的把玩著手上的核果，看也不看他一眼。

大樹告訴優瑪：「卡嘟里森林裡發生一件奇怪的事。我們找到幾張鳥網，但是，不知道是誰在我們之前把鳥網扯了個稀巴爛！」

「是啊！網線不是被刀或剪刀弄斷的，而是被硬生生扯斷的。」瓦拉拿出一小塊鳥網碎片遞給優瑪。

被扯斷的鳥網碎片邊緣露出不規則的細線。

「誰有這麼大的力氣呢？」優瑪喃喃說著。

「大黑熊。」瓦歷說。

「也許是大尾巴怪獸。」多米說。

「那條白色的尾巴就是讓人心裡牽掛，但是山上連一根白毛也沒發現。」大樹說：「就連腳印也沒有。」

「難不成牠會飛嗎？」吉奧瞪大了眼睛。

「如果真是那樣，就稀奇了，有毛茸茸的尾巴又有翅膀，豈不是怪物？」多米說。

「也許真的是怪物來拜訪卡嘟里森林了。」瓦歷說。

「這件事交給我，我負責去找出這隻怪物。」阿通用宏亮的嗓音說著，語氣裡透露著決心。

所有人都望著阿通，猜他這麼做是想挽救自己墜到谷底的獵鳥人形象。

滿頭大汗的夏雨神情慌張的衝進屋裡，手裡拿著一疊照片，看來是一路狂奔而來。

「優瑪頭目，事情不好了。」夏雨上氣不接下氣的說著，話才說完，看見阿通坐在一旁，臉色瞬間沉了下來：「這個傢伙怎麼會在這裡？」

「他剛剛允諾大家，要負責找出那隻白色大尾巴怪獸。」多米說。

夏雨冷笑了兩聲：「哼哼，你要負責找出大尾巴怪獸？哼，不要答應得太早，看完這些照片再決定你要不要上山。」

夏雨把照片攤在桌上。猴子明星的照片在最上面，明星看起來很不開心，幾張照片都只拍到背影，頭都不願意轉過來。終於出現一張明星的正面照片，所有人都嚇到了，明星的臉明顯腫起了半邊，兩隻眼睛好像挨了誰的幾記重拳，眼神充滿了膽怯、委屈與憂傷。

優瑪和副頭目們好像是和明星認識很久的朋友一般，看到牠被揍得這麼慘，心裡都覺得難受。

「是誰把明星打成這樣？」瓦歷驚恐的問。

「看起來這個『照相的人』把明星狠狠的揍了一頓，然後拍照留念，所以明星才會有這麼害怕的表情。」優瑪分析著。

「森林裡的猴王爭霸戰，情況本來就很壯烈，猴子爭王失利而受傷是兵家常事，不需要這樣大驚小怪吧！」大樹說。

「明星很明顯看起來就不是角逐猴王失利，而且根本沒拍到別的猴子。」優瑪說。

「必須先弄明白是誰在照相。」多米說。

「動物見到人會立刻逃開，如果照相的是人類，動物為什麼不逃走呢？」吉奧提出疑問。

「就是因為這樣，我才不敢確定拍照的是人。」夏雨說。

「如果這個人裝成動物的樣子呢？」多米說。

「不合理，沒有動機，他為什麼要這樣做？」大樹說。

「那這些你又怎麼解釋呢？你們看，這隻山羌的一隻腿斷了；這隻山豬背上的毛全燒焦了；水鹿的角斷了；這隻松鼠尾巴上的毛全都沒有了。」瓦拉邊翻著照片邊說。

「拍照者和對動物施暴的是同一個……嗯……『人』？」瓦歷提出疑問。

「好可怕呀！卡嘟里森林到底發生什麼事了？是誰在欺負這些無辜的動物？」多米用雙手蒙住臉，只露出一眼從指縫間看著桌上慘不忍睹的照片。

「『照相的人或怪物』虐待完森林裡的動物之後，就會闖進卡嘟里部落拔光我們的頭髮。」瓦歷害怕的說。

「不要往壞處想嘛！這樣會造成大家的恐慌，也許根本沒那麼恐怖。」大樹說。

「就這件事而言，往壞處想可以讓我們提前防備可能發生的事。」夏雨慎重的說。

「是啊！我同意。」吉奧說。

「是不是外族獵人幹的呢？為了報復鳥網被破壞？」優瑪說。

「這不像外族獵人的手法，他們有機會這麼靠近動物的話，寧願把動物帶走，何必揍牠們一頓！」阿通肯定的說。

夏雨轉身面對阿通，語帶嘲笑的說：「怎麼樣？卑鄙的獵鳥人，你嚇得屁滾尿流了吧！」

「哼，你以為這幾張照片就嚇得了我嗎？你太小看我阿通了。」阿通滿臉不屑的說：「無論如何，我這次一定要抓到怪物，讓你們看看我阿通的本事。我不只會抓鳥，任何我想抓的東西，都逃不了。」

阿通說完便往門口走去，在門口轉身看著瓦歷說：「臭小子，回家啦！」

瓦歷頭也沒抬的繼續玩著手上的核桃：「我等一下再回去。」

「你這個臭小子，真的要氣死我！回家以後有你好看的。」阿通忿忿的扔下這句話後就大步離開優瑪家。

「好像有什麼可怕的事要發生了。」多米看著桌上的照片說。

「這到底是怎麼一回事？」夏雨用右手猛拍額頭，不解的說：「森林裡的動物受到很大的傷害和威脅，我們得做些什麼才行。」

「我感覺到，這個『照相的人』想告訴我們一些什麼。」吉奧說。

現場一陣沉默，每個人都咀嚼著吉奧這句話，腦子裡快速的回想那些卡嘟里森林的照片傳遞出來的訊息。

會是沙書優瑪嗎？這是優瑪第一個想到的人，但她很快就否定了這個想法。沙書優怎麼可能在紅外線體溫偵測照相機的附近來去自如，卻沒被拍下任何一張照片呢？優瑪沒對任何人說出她的想法，任由這個想法像淺淺的漣漪，在腦海裡靜靜的出現，擴散然後消失。

優瑪看見胖酷伊若有所思的反覆翻閱著照片。

「胖酷伊，你怎麼看這些事呢？」優瑪問：「這麼久不見你說一句話，是不是發現什麼了？」優瑪覺得胖酷伊最近非常不一樣，不僅聽得懂卡里卡里樹的心事，又懂得和山豬黑精靈交談，也許他變聰明的腦袋，可以看見大家看不到的線索。

胖酷伊終於開口了：「我看來看去都看不出有什麼特別的東西。只看到這個，你看這裡。」胖酷伊指著其中一張照片，那是受傷的明星背後岩石上一個小小的太陽圖案。

優瑪將照片拿到眼前看了個仔細，她的心被撞了一下，情緒激動了起來。難道她剛才的推測是正確的？沙書優和這一連串的事件有關？優瑪很快的強迫自己鎮定下來，她不能夠再為了這樣一個圖案勞師動眾，甚至讓族人陷入危險的境地。優瑪默默的放下照片，拿起其他照片假裝專注的看著。

其他人也輪流拿起那張照片仔細端詳。

「這是前頭目沙書優留下的記號。」大樹說。

「會不會那個『照相的人』就是沙書優呢？」多米說。

優瑪壓抑著內心的激動，語調平緩的轉移話題：「夏先生，是不是因為你放照相機的位置太明顯，經過的人都看得到，所以容易被取走？如果把幾部照相機擺在隱密的地方，也許可以拍到那個『拍照的人或怪物』。」

「我那批紅外線體溫偵測照相機是很便宜的二手貨，一定會發出『喀嚓』的聲音，如果天色昏暗，閃光燈會自動開啟，並且在瞬間閃光，如此一來，任何人或動物都能輕易發現照相機的位置。」夏雨解釋著。

「那去買一些不會發出聲音的照相機呀！」多米說。

「是有這樣的照相機，不會發出聲音，不需要底片也不用沖洗，不過這種數位相機很貴，而且……但是……」夏雨拍著後腦勺尷尬的笑著，支支吾吾的說不出話來。

優瑪心裡明白，夏雨沒有錢買新式照相機。

「這些事發生在卡嘟里森林，我們有責任出錢出力。所以，應該由我們去籌錢買兩部新式照相機。」優瑪大聲的說。

「但是，我們去哪裡籌錢呢？卡嘟里部落本來就不使用錢做交易。將所有族人的錢全部集中起來，可能只夠買一卷底片。」吉奧說。

「是啊！我們並不缺什麼必須用錢去買的東西，當然沒有錢！」多米說。

「我們拿小米、地瓜、香蕉、野菜到山腳下換一些錢回來。」優瑪說：

「以前我們都是拿這些東西去換鹽、油和其他東西，現在換錢應該也沒問題，山腳下的人喜歡我們山上的東西。」

「這樣能換多少錢呢？」吉奧疑惑的問：「能換到買新相機的錢嗎？」

「我爸爸有錢。」瓦歷漲紅著臉說。

所有的人望著瓦歷。

「他有很多錢，裝在一個鐵罐子裡，我見過的。」瓦歷說：「那是他抓走卡嘟里森林的鳥賣到山下賺來的錢。」

「我不要用他的錢買相機。」夏雨憤怒的說。

「問題不是你要不要，而是阿通願不願意拿出來。」大樹說。

「阿通願意拿出來嗎？瓦歷。」多米問。

「我得問問他。」瓦歷說。

「我說我不要用他的錢買相機。」夏雨提高嗓門重申。

「夏先生，現在不是賭氣的時候，卡嘟里森林正面臨很大的危機，我們必須團結起來解決。」優瑪說。

「是啊，夏先生，如果阿通願意拿出錢來，他不是為你買相機，而是為了卡嘟里部落。」大樹說。

夏雨沉默的漲紅著臉，縱使心裡有一千萬個不願意，但是為了卡嘟里部落，他也無話可說了。

月光透進瓦歷家廚房，阿通的妻子艾娜在火爐邊攪拌著鍋裡的肉湯。

「森林裡這麼多鳥，我只抓走一些，難道就這麼不可原諒嗎？」阿通氣惱的在屋裡走來走去。

「我代替鳥媽媽小心翼翼的撫養小鳥長大，每一隻小鳥在我的照顧下都健健康康的，這有什麼不好？我哪裡做錯了？」阿通比手畫腳的說：「不能拿我和在山上設置鳥網的獵人相比呀！是不是？至少從來沒有一隻鳥死在我手上。」

艾娜拿起幾個番薯扔進火堆裡，柴火嗶嗶剝剝響著。

「我知道，你就是無法忘掉那些咧著黃色嘴巴的小鳥模樣，你喜歡照顧牠們，而且你上癮了。」艾娜緩慢清晰的說著每一個字。

「我喜歡照顧牠們。」阿通點頭承認。

「牠們有自己的媽媽。」艾娜說。

「是的，牠們有自己的媽媽。」阿通無奈的點點頭說。

「你養大的小鳥無法在森林裡生活，只能賣給山腳下的人，牠們把鳥關在籠子裡。」艾娜說：「真正的愛，不會奪走鳥兒的自由。」

「為什麼你從來不制止我？」阿通望著艾娜問。

「我不會制止你做任何事，除非你自己想停止。」艾娜邊說邊將肉湯端上桌，再走到爐火旁用鉗子翻動火堆裡的番薯。

瓦歷走進屋裡，口袋裡的核果因為摩擦而發出聲音，阿通和艾娜同時回頭看著瓦歷。

「臭小子，你終於回來了。我可警告你，你下次再在大家面前讓我下不了台，我就把你的種子全部埋進土裡，讓它們全都長出怪東西來。」阿通氣急敗壞的說。

瓦歷不理會阿通，走進房間，小心翼翼的取出口袋裡的種子，井然有序的放進各個玻璃瓶裡，雙手交叉在胸前，滿足的欣賞瓶子裡各式各樣的種子後才走出房間。

艾娜取出烤熟的番薯端上桌。三個人各自默默的喝著肉湯、吃著熱呼呼的烤番薯。

「卡嘟里森林需要兩部不會發出『喀嚓』聲和閃光的新型照相機，用來拍攝那個『照相的人或怪物』。但是夏雨沒有錢，優瑪和其他人也沒有錢，只有你有，你把錢拿出來買照相機。」瓦歷邊吃著番薯邊說。

「你要我把錢拿給那個卑鄙的傢伙買照相機？哼，想都別想。」阿通一臉不屑的說。

「那些錢是從卡嘟里森林得來的，你現在只是把它們拿出來還給森林。用那些錢買來的相機，並不是要送給夏雨，而是為了幫卡嘟里森林抓出怪物。」瓦歷提高音量說。

「如果是這樣，就把錢拿出來吧！我們需要用錢解決的事並不多呀。」艾娜說。

「雖然留著那些錢沒什麼用，我就是不想便宜了那個卑鄙的傢伙。」阿通氣呼呼的說：「那傢伙平常罵我罵得最凶。」

「那隻大尾巴怪獸的身體會不會比熊還高大呢？」艾娜問：「這真可怕！

一個我們完全不知道是什麼的東西在卡嘟里森林裡跑來跑去。」

「沒錯！牠把所有的動物都打得鼻青臉腫，接下來就輪到卡嘟里族人了。」瓦歷感到害怕。

「你們不要擔心，我已經答應優瑪頭目，要上山把這個怪物揪出來。」阿通說：「我明天就上山，你幫我準備一些乾糧和肉乾，我要好幾天才回來。」

「優瑪說這陣子不可以獨自上山，很危險。」瓦歷說。

「你以為我是誰呀？我是獵人阿通！」阿通說。

「你抓鳥也許可以，但是遇見山豬或黑熊怎麼辦呢？」艾娜說。

「我三歲就跟著父親上山打獵，我會害怕山豬和大黑熊？別笑死人了。」

阿通望著瓦歷，不屑的說：「沒想到我阿通竟然會有這樣一個不會打獵的兒子，連一隻飛鼠也打不到，每天只會撿種子。」

瓦歷看了阿通一眼，悶著頭吃番薯，喝肉湯。阿通和艾娜也不再說話。

阿通心不在焉的喝著肉湯，卻不知肉湯的滋味，他的味覺已經隨思緒飛得不知去向。瓦歷發現，阿通的目光好幾次瞟向廚房角落櫃子裡那個已經生鏽的鐵罐上。

隔天一早，阿通背著背包和弓箭，再拿著艾娜為他準備的糧食上山去了。臨走前，他蹲在地上邊綁著鞋帶邊說：「你們知道我的鐵罐子放在哪裡，拿去給那個卑鄙的傢伙買照相機吧！」

瓦歷注意到阿通沒帶任何抓鳥的籠子或裝幼鳥的盒子，看來，他這回是下定了決心去尋找大尾巴怪獸。雖然阿通對卡嘟里森林瞭如指掌，但是畢竟隻身一人，遇到危險誰來支援他呢？

望著阿通的背影，瓦歷不由得擔心起來。

5 神祕黑衣人

深夜的卡嘟里森林裡響起沙沙沙的走路聲，驚醒了沉睡的群樹。一個穿著黑色雨衣戴著斗笠的神祕人，在樹林間緩慢行走，樹木們睜開惺忪的眼，瞧了瞧這名黑衣人。

夜愈深精神愈好的貓頭鷹，機械般的將頭轉了四十五度，眼珠子骨碌碌跟著黑衣人移動，牠疑惑極了，又沒下雨，這個奇怪的夜行人為什麼穿著雨衣呢？

兩隻扁柏精靈在黑夜裡蹦蹦跳跳玩著捉迷藏，他們經過黑衣人身旁，停頓了三秒鐘，看清楚他的臉，神情詭異的等著黑衣人許願。

快許願吧！這麼黑的夜色，包準你無法分辨我們是誰。快許願吧！我們期待一場最精采的演出。

山路沒有人影，有精靈，
森林沒有神話，有精靈，
精靈等著你許願，
快許願！快許願！
你只有五秒鐘的時間，
快許願，快許願，
錯過這次你得再等一百年。

黑衣人淡淡的瞄了他們一眼，自顧自的往前走。

扁柏精靈失望極了，怎麼會有人對許願一點興趣也沒有呢？難道他一眼就看穿他們是扁柏精靈而非檜木精靈？扁柏精靈覺得很失望。

山路沒有人影，有精靈，
森林沒有神話，有精靈，
精靈等著你許願。
哼哼哼！哼哼哼！
不許願！不許願！
大笨蛋！大笨蛋！
錯過這次你得再等一百年。

隨著失望的歌聲，扁柏精靈慢慢消失在黑夜裡。

黑衣人來到岩石山，踏上天神的禮物平台眺望部落。沉睡中的卡嘟里部落，在黑夜裡露出黑色的輪廓，顯得安詳沉靜。黑衣人像一尊雕像站在平台上，任憑微風吹動他的雨衣，他依然動也不動一下。

黑衣人在平台逗留了一會兒後，便轉身離開。一隻獼猴蹲坐在樹杈上，用疑惑的眼神目送黑衣人，他的背影顯得孤獨與落寞。猴子坐起身，跳到另一根樹枝上發出吱吱聲，企圖引起黑衣人的注意，但是黑衣人彷彿聽不見似的，踏著疲倦的步伐消失在黑夜裡。

優瑪睡到半夜，被窗外幾隻猴子吱吱亂叫以及搖晃樹葉的聲音驚醒。她睜眼看見在月光下張牙舞爪晃動的樹影，嚇得跳下床衝進以前奶奶房間，鑽進以前奶奶的被窩裡。

「姨婆，有你在真好。」優瑪緊緊的依偎在以前奶奶身旁，撒嬌的說。

以前奶奶被優瑪突如其來的動作嚇一跳，她坐起身，一臉疑惑的在黑暗中看著優瑪。

「伊麗，你怎麼跑到這裡來呢？」

優瑪覺得訝異，伊麗是媽媽的名字啊！以前奶奶的記憶又錯亂了嗎？

「我是優瑪呀！姨婆。我不是伊麗。」優瑪問。

以前奶奶看著優瑪，露出很震驚的樣子：「優瑪？你怎麼一下子長這麼大了？」

「你在說什麼呀！姨婆。」優瑪輕聲的叫了起來。

「你看起來有十歲那麼大，但是你不是只有六歲嗎？」以前奶奶說。

「姨婆，你看清楚，我是優瑪，我已經十二歲啦！」優瑪說。

以前奶奶狐疑的望著優瑪好一會兒，才眨了眨眼，緩緩的說：「可能是我在作夢吧！你長得真像伊麗呢！」

「姨婆，說一些關於媽媽的事給我聽好嗎？」

「你和伊麗的長相啊，簡直一模一樣。伊麗喜歡唱歌，沙書優就是被她的歌聲吸引。她是部落裡最會做小米糕的姑娘。」

「我媽媽是因為生產過後生病才死的嗎？」優瑪聽沙書優和部落其他族人說過，此刻她想再確認一次。

以前奶奶沉默了一陣子才開口：「這件事我已經不記得了。」

優瑪還沒來得及說什麼，就被以前奶奶摟著躺回床上，蓋上棉被。

「小優瑪乖呀！好好睡，姨婆說個以前的故事給你聽。」以前奶奶輕輕拍著優瑪的背。

優瑪記得小時候，以前奶奶就是這樣哄她睡覺的，她沒有一次把故事聽到完就睡著了。小時候她都跟以前奶奶睡，後來沙書優覺得她應該慢慢學習獨立，就讓她獨自睡一個房間。所以當優瑪再次鑽進以前奶奶的被窩，一時之間，以前奶奶的記憶也回到優瑪小時候。

「以前以前哪，有一個叫藤蔓的年輕人，愛上迷霧幻想湖中迷霧堡主的女兒霧兒姑娘。那個霧兒姑娘啊，根本就不是人類！誰也不知道她是什麼變的。但是，她的外表是一個非常美麗的姑娘。藤蔓為了看她，潛入迷霧城堡，堡主大發雷霆，憤怒的要藤蔓別作夢了，迷霧家族的姑娘不可能嫁給一個凡人。最後，藤蔓和美麗的霧兒就一起攜手逃離了卡嘟里森林和部落。」

以前奶奶一臉陶醉的回憶著，彷彿她就是那位沉浸在愛情芳香裡的姑娘。

「然後呢？」優瑪等了好一會兒，等不到以前奶奶繼續說故事，忍不住開口問。

「很久以後，聽說有人在卡嘟里山頂看見藤蔓和霧兒姑娘牽手在雲端散步；也有人看見他們在迷霧幻想湖裡快樂的游泳戲水；也有獵人說在一個濃霧的早晨，看見藤蔓帶著霧兒在森林裡狩獵；有人說他們遇見檜木精靈，許願變成一對在卡嘟里森林奔跑的梅花鹿。呵呵，愛情就是這麼回事，迷人卻也折磨人。」

這哪是以前以前的故事啊，這是不久前才發生的事嘛！但是優瑪實在太睏了，她連辯駁的力氣都沒有便睡著了。

房間沉入黑夜的寂靜裡，優瑪和以前奶奶也走進夢的奇幻世界。

6 遇見扁柏精靈

瓦歷將裝滿鈔票的鐵罐送到夏雨的研究室。

「這個給你，應該夠買兩部相機吧？」瓦歷說。

夏雨接過鐵罐，懷疑的看著瓦歷：「阿通怎麼肯把錢交出來？這不是你偷來的吧？」

「我沒有偷，是我爸爸同意的。」瓦歷表情認真的回答。

夏雨立刻飛奔下山，只花了三天的時間就帶回兩部新型的數位相機，分別裝設在發現大尾巴的第三樣區，以及發現疑似沙書優留下太陽圖案的十二樣區。沙書優留下太陽圖案，證明他曾經在那一帶活動。

新相機裝設兩天後，夏雨特地上山更換相機的記憶卡。如果其他的紅外線體溫偵測照相機也可以全部換成數位相機，那該有多好哇！可以直接在電腦裡讀取照片，不必花時間沖洗。

夏雨還順便更換了兩部舊式相機的底片，他看著手上的底片，苦笑了一下，這種舊式相機的底片已經快要買不到了。

下山途中，夏雨在山徑上遇見阿通。

「沒想到最後你還是要靠我阿通的鈔票，才能完成工作。」阿通對夏雨冷嘲熱諷的說。

「你這個卑鄙的小人，相機是用森林裡那些失去自由的小鳥換來的，你一點功勞也沒有。聽清楚了嗎？」夏雨忿忿的說。

「哼，你也給我聽清楚，不管我做了什麼，那些錢從我的口袋裡拿出去，你就得尊重我。」阿通也吼回去。

「你這個卑鄙下流的獵人，我要把你像木樁那樣打入地裡，讓你再也帶不走任何一隻鳥。」夏雨扯著阿通的衣領憤怒的說。

阿通用力的推開夏雨，夏雨再度撲上去，兩人你打我一拳、我踢你一腳，打得難分難解，幾度滾在地上又幾度起身，全身沾滿了泥土與樹葉，誰也不想認輸鬆手。

一個白色的影子從他們身邊「咻」的一聲飛竄而過。阿通扯著夏雨的頭髮，夏雨則扭著阿通的下巴，兩個人同時被白色的影子以及那陣冷風嚇得停止動作。

「那是什麼？」夏雨問。

「是那個白色的大傢伙嗎？」阿通說。

他們同時鬆手，相互看了一眼，拔腿往白色影子離開的方向追去。

那個高大的白色影子閃進茂密的灌木叢中，一眨眼就不見了！夏雨和阿通喘著粗氣追到灌木叢前，夏雨彎身撿起一根木棒，小心的拍打撥弄樹叢，兩隻蜥蜴鑽出藏身的枯葉，慌慌張張的奔出灌木叢，除此之外什麼也沒發現。

「怪了，我看見牠消失在這裡的。」夏雨喃喃說著。

「我也看見了，莫非樹叢底下有機關？」阿通說。

夏雨和阿通兩人同時蹲了下來，阿通從背包裡取出手電筒，照向陰暗的地面，夏雨則用木棒撥開樹葉並敲著地面。

「不像有機關。」夏雨說。

「那傢伙看起來相當龐大，不可能躲在這裡。」阿通說。

兩人又同時站起來，搜尋著樹林四周。

「剛才那個傢伙好像長了翅膀，速度這麼快，可能是用飛的。」阿通說。

夏雨看了阿通一眼，忽然想起他和阿通的敵對關係，臉色立即沉了下來。

「長了翅膀？哼，你果然又露出獵人本色。」夏雨不屑的說：「我懶得跟你說話！」

阿通也怒瞪著夏雨：「是啊！你了不起，你是動物學博士，哼，我從小在森林裡和動物賽跑，我就不信關於森林和動物的知識會輸給你！有啥了不起，哼！」

夏雨不再理會阿通，轉身往山下的方向走去，邊走邊祈禱：「希望那些照相機能拍到白色的怪物。」

「沒禮貌的傢伙，哼，博士是嗎？用了人家的錢買照相機，連句謝謝也不會說一聲。」阿通對著夏雨離去的背影叨叨唸著，他希望這些話可以變成有形的尖刺，射向夏雨的背部，讓他抱頭逃竄。

夏雨轉身用食指指著阿通冷冷的說：「你要搞清楚，那兩部照相機是為你自己買的，是給你贖罪的機會，我為什麼需要跟你道謝？」

夏雨說完，大步往下山的路徑走去。阿通也跟在夏雨身後。

一聲響雷劃過森林上空，沒多久，下起傾盆大雨。

夏雨和阿通連忙躲進一個山洞裡。他們非常清楚，在天黑又下豪雨的情形下，貿然走三個鐘頭的山路下山是非常危險的。

「這雨勢看來，是要下一整晚了。」阿通甩著被雨淋溼的頭髮說。

夏雨安靜的檢查裝備，看看是否被雨淋溼了，完全不理會阿通。阿通感覺無趣，從背包裡拿出乾糧嚼了起來。

黑夜完全降臨，夏雨和阿通的沉默就像黑夜一樣，濃得可以擠出汁液來。

「你當獵人多久了？」夏雨冷冷的聲音在黑夜裡響起。

「我八歲就開始抓鳥了。」阿通用不帶感情的語調冷冷的回答。

「你有沒有算過，這麼多年你一共抓過多少隻鳥？」

「沒算過。你需要知道卡嘟里的獵人在卡嘟里森林抓走多少山豬嗎？」阿通不屑的說。

夜又黑又濃，他們看不清楚對方的臉，只能從聲音判斷對方的情緒。

「你是卡嘟里族人，你難道不知道族人是因為需要才抓走山豬的嗎？你需要吃鳥嗎？」夏雨語調尖銳的反問。

「大多時候我把幼鳥帶回家餵養。我才不吃鳥。」阿通有點兒生氣了。

「你憑什麼認為自己可以代替母鳥照顧好那些雛鳥？」夏雨繼續質問，咄咄逼人。

「我比鳥媽媽更適合照顧牠們。一窩小鳥大約有五、六隻，牠們擠在小小的鳥巢裡，壓在最下面的小鳥通常會因為搶不到食物而變得虛弱或餓死；還有些小鳥的爪子有可能因為壓迫變成殘障；再加上小鳥好動的個性，常常摔下鳥巢跌死，最後健康離巢的只有一隻、兩隻。如果由我來照顧，牠們生存的機會就大得多。」

「你從來不覺得自己的介入是在破壞大自然生態嗎？小鳥的存活率不也是依照強者生存的自然法則？」夏雨激動的說著。

「你這個卑鄙的小人，不要跟我說那麼多我已經了解的大道理，我又不是小孩，要你來教我！哼。」阿通被激怒了，「我也是這個強者生存法則的一環。我不做別人也會做。誰也沒有辦法改變市場的供需關係。」

「市場的供需關係？你覺得會有人好端端的坐在家裡，突然覺得如果可以養隻鳥玩玩該有多好？還是因為獵人將美麗的鳥擺到馬路邊，用牠們美麗的聲音和外表『誘惑』那些路過的人覺得其實可以買一隻鳥回家玩玩？」

「這又是一個雞生蛋還是蛋生雞的問題。無解。」阿通說。

「你一點也不像卡嘟里族的人。」夏雨說。「所有卡嘟里族人都把森林當自己家那樣珍惜。」

長長的沉默再度溶進黑夜裡。

半夜，雨終於停了。

寂靜的樹林裡，彷彿聽得見樹葉離開枝頭，一路旋轉飄落的聲音。

「一開始，我只是喜歡照顧小鳥。我喜歡牠們需要我，把牠們餵得飽飽的，我就覺得好滿足。」阿通的聲音充滿憂傷：「後來，我就上癮了，那麼多小鳥長大以後，該怎麼辦呢？有一次山腳下那些城市人拿著一些照片問我可否幫他們捉照片上的鳥，就這樣開始了。」

「你這個卑鄙的傢伙！」夏雨輕聲的說了一句。

淡淡的星光開始出現在天際，微弱的星光從枝葉縫隙中撒下，阿通和夏雨依然看不清楚對方的臉，卻依稀可以看見彼此的輪廓。

「我的兒子瓦歷恨我，你知道嗎？」阿通悲傷的說。

「我如果有這樣的爸爸，我也會恨他。」夏雨毫不留情。

「瓦歷是我帶大的，我像照顧小鳥那樣細心的照顧他，這個臭小子居然這樣對我！」阿通很憤慨。

「你照顧瓦歷那段日子，都沒有時間去抓鳥吧？」夏雨問。

「我忙死了，哪有時間。」阿通說。

「真是個奇怪的人。你一點都不像卡嘟里族人。」夏雨說。

「你這個卑鄙的傢伙，我警告你，不要再說我不像卡嘟里族人。我就是卡嘟里族人，我身上流著卡嘟里族的血液，你才是卡嘟里部落的冒牌貨！」阿通生氣的說。

夏雨的心痛了一下，想說些什麼辯駁，話到嘴邊卻又嚥了回去。是啊！他一度以為自己就是卡嘟里族人，在這片森林生活了這麼多年，他早已當自己是卡嘟里族人，無論如何是離不開卡嘟里森林了。

夏雨和阿通似睡非睡的折騰了一整夜，直到天矇矇亮，兩人才一前一後的走出山洞。夏雨伸展雙臂，做了幾次深呼吸，看看清晨的樹林，總算滿意的露出微笑。

兩隻許願精靈從山徑上朝夏雨和阿通蹦蹦跳跳前進，來到兩人面前，變化出樹形小矮人的模樣，一邊跳躍一邊望著夏雨和阿通。

山路沒有人影，有精靈，
森林沒有神話，有精靈，
精靈等著你許願，
快許願！快許願！
你只有五秒鐘的時間，
快許願，快許願，
錯過這次你得再等一百年。

「這是……這是……是許願精靈嗎？」夏雨驚訝得目瞪口呆，說話都結巴起來。

「是啊，是許願精靈，快許願快許願哪！」阿通像個孩子一樣尖叫起來。

「今天是怎麼回事？所有奇怪的事都被我們碰上了。」

「看不出來是檜木精靈還是扁柏精靈啊！」夏雨努力的想看清楚精靈頭上的枝葉，但是精靈蹦蹦跳跳的，根本看不清楚！

「先許願再說吧！」阿通說。

「那你許呀，我可不敢冒險。萬一是扁柏精靈那可要倒大楣的！」

「一個人一輩子可能只會遇到一次許願精靈啊！」阿通興奮又緊張，一張臉漲得像楓葉那樣紅。

「我……我……我要許願……許願讓夏雨變成一隻胖胖的冠羽畫眉！」阿通說完用詭譎的笑容望著夏雨。

夏雨瞪大眼睛，正準備破口大罵，卻見兩隻許願精靈用極快的速度蹦跳著，邊跳邊唱起歌來：

山路沒有人影，有精靈，

森林沒有神話，有精靈，
精靈聽見你許下的願望了，
等著瞧，等著瞧！
哈哈哈，哈哈哈，
等著瞧，等著瞧！
你將變成一隻胖胖的冠羽畫眉，
等著瞧，等著瞧！
許願前請你先擦亮你的雙眼。
哈哈哈，哈哈哈，
你真幸運，遇見扁柏精靈了，
等著瞧，等著瞧！
你將變成一隻胖胖的冠羽畫眉，
哈哈哈，哈哈哈。

「你這個卑鄙的傢伙，我今天才看清楚你的真面目，你竟然是這樣的人！」夏雨憤怒得破口大罵：「就算我變成冠羽畫眉，也不會原諒你……」

一道金黃色的光束從精靈的手指頭射向阿通，扁柏精靈快速縮回球形，蹦蹦跳跳的消失在山徑上。

憤怒的夏雨住嘴了，因為阿通看起來很不對勁。他整個人劇烈的顫抖起來，接著縮成拳頭那麼小，並且漸漸長出羽毛、翅膀、鳥喙、鳥爪，頭髮高高豎成龐克髮型。

夏雨蹲了下來，忽然想起剛剛許願精靈唱的歌詞裡，有一句是「你真幸運，遇見扁柏精靈了」，夏雨哈哈大笑：「哈哈哈，你真幸運，你遇見扁柏精靈啦！」

阿通拍拍翅膀想飛，卻因為身體太胖又太重而飛不起來，著急得在地上不停的踱步。

阿通轉動小腦袋看著翅膀，拍了兩下，突然發狂的大叫：「天哪！我真的變成鳥了！我的手呢？我不要翅膀啊！」阿通甩甩頭，強作鎮定的說：「這只是一場惡夢，一場惡夢！明天醒來就沒事了！」

夏雨抱著肚子狂笑起來：「哈哈哈，真是笑死我了，一個一輩子都在抓鳥的人，居然變成鳥了，你怎麼說呢，哈哈哈。這不是夢啊，你真的變成鳥了！」

夏雨用手指頭點著阿通的鳥頭，阿通憤怒的轉頭想啄夏雨的手，夏雨俐落的閃躲。

「你敢再這樣摸我的頭，小心我啄爛你的手。」阿通氣呼呼的大叫。

夏雨驚奇的望著這隻胖胖的冠羽畫眉：「真是稀奇了，會說話卻胖得飛不動的冠羽畫眉，不知道賣到山腳下值多少錢，可以換多少台最新型的相機？」

阿通又氣又急，在地上猛烈拍著翅膀大叫：「你閉嘴！你閉嘴！」

「你有件事情倒是說對了，所有奇怪的事都被我們碰上了。」夏雨說。

7 恐怖的照片

阿通變成的胖冠羽畫眉站在夏雨的肩膀上，往下山的路徑前進。阿通畫眉仰頭用充滿無助的眼神望著夏雨，乞求著說：「我們要回去了嗎？天哪！我變成這個樣子怎麼回去見人哪！你可不可以答應我一件事？千萬不要告訴別人我變成鳥，瓦歷和他的媽媽如果知道，一定會傷心死。」

「我為什麼要答應你呢？你對我那麼壞！我巴不得現在立刻飛奔下山，用擴音器廣播這件事。」夏雨用誇張的表情說。

阿通畫眉在夏雨肩上急得跳腳，對著夏雨的耳朵啄了一口，痛得夏雨哇哇大叫，用力揮手一撥，胖胖的阿通畫眉立即摔到地上，翻滾好幾圈才停住。

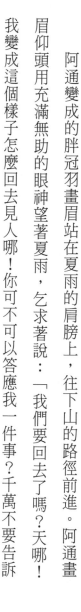

「你這隻卑鄙的鳥居然這樣對我！我不會帶你回部落了，你就用那超級小碎步走回去吧！」夏雨揉著耳垂忿忿的說。

「我已經變成鳥了，還是一隻不會飛的鳥，你有沒有半點同情心哪？」阿通哽咽著。

「同情心？你跟我講同情心？如果今天遇到的不是扁柏精靈而是檜木精靈，現在變成一隻肥胖又不會飛的冠羽畫眉的就是我！你今天變成這樣，完全是咎由自取。」

夏雨說完便轉身繼續往山下走。阿通畫眉拍著翅膀半飛半跑的追著夏雨。

「嘿、嘿，你不可以不理我呀！關於許願的事，我跟你道歉！我錯了好不好？我只不過開一個小小的玩笑嘛！」

夏雨轉過身來，一臉不可思議的說：「哈，小小的玩笑？哈哈，那你更不用擔心了，變成一隻鳥，只不過是你對開自己一個玩笑罷了。」

「你沒有當過爸爸，不知道當一個爸爸應該要維持的尊嚴，如果瓦歷知道他的爸爸變成一隻鳥……」阿通畫眉憂傷的站在山徑上，小小的身影幾乎就要被地上的枯葉給淹沒。

夏雨努力在鋪滿枯葉的山徑上搜尋，一時間找不到阿通畫眉，心裡頓時慌了起來：「嘿，你在哪兒啊？」

阿通畫眉拍著翅膀跳了兩下，夏雨見到阿通可憐兮兮的身影站在枯葉上，彷彿只要一陣風吹來，他就會跟著枯葉被捲入空中，夏雨的心腸又軟了下來。阿通變成不會飛的胖鳥，已經是最大的懲罰了，不是嗎？

夏雨走向阿通，彎下腰來，嚴肅的對阿通畫眉說：「我可要先警告你，你再啄我的耳朵或脖子、臉頰，還有身體其他任何地方，我就把你送給眼鏡蛇當午餐。」

聽到「眼鏡蛇」三個字，阿通畫眉緊張得跳起來說：「不會，不會，我不會再那樣做了。」

夏雨把阿通畫眉重新放回肩膀上。

「你可不可以告訴我，成為一隻鳥的滋味？嗯，算了，我這樣問好了，你將來有什麼打算？噢，天哪，我居然在問一隻鳥將來的打算！」夏雨拍打自己的腦袋，懊惱找不到一個適當的問法。

「你是不是想問我當一隻鳥的感覺？」阿通畫眉說：「我怎麼會知道？我

才剛剛變成鳥沒多久，就算我現在是一隻冠羽畫眉，我還是用阿通的腦袋在思考，就像現在，我肚子餓了想吃毛毛蟲……」阿通畫眉停止說話，他很訝異自己竟然說出想吃毛毛蟲的話來。

「既然你是用阿通的腦袋思考，為什麼會想吃毛毛蟲，而不是飯團或是芋頭乾呢？」夏雨不解。

阿通畫眉沉默不語，他自己也不明白這是怎麼回事！他一想到以後只能吃毛毛蟲度日，也許還會成為蛇和老鷹的食物，就難過得說不出話來。

夏雨見阿通畫眉低垂著頭，猜到他心裡難受，也就不再說話了。

回到研究室，夏雨顧不及一身的疲憊與髒臭，先將照片存在電腦裡，接著走進暗房沖洗兩卷底片。

夏雨小心翼翼的分別將顯影液和定影液倒入盤中，接著從暗盒取出底片，放入水中浸泡幾秒鐘後取出，再放入裝滿顯影液的盤中，幾分鐘後將底片取出、沖水再放入定影液盤裡。夏雨出神望著波動的定影液，其中一張照片讓他嘴角泛起訝異的微笑，彷彿在山徑上巧遇他追尋已久、幾近絕跡的珍奇動物。那是藤蔓和霧兒的合照，藤蔓的手上還抱著一個嬰兒，他們神情愉快的漫步在山徑上，似乎沒有察覺自己被人偷偷拍了照。

夏雨微笑著將照片用流動的清水沖洗。他拿起下一張照片，眼睛突然睜得又圓又大，嘴巴也驚訝得忘了合攏。他看傻了眼，迷霧堡主居然出現在照片裡，其中一張，居然還是他半身癩蝦蟆的樣子，他彷彿知道被拍了照，一臉憤怒，鬍子上還冒著煙。

愣了幾秒鐘後，夏雨哈哈大笑。誰也想不到，迷霧家族的原形居然是癩蝦蟆！

完成兩卷底片的沖洗，夏雨趕緊回到筆記型電腦前察看新相機拍到的照片。不可思議的照片一張接著一張映入夏雨的眼簾。他的表情變得嚴肅，眉頭也皺了起來。有幾張照片出現了十幾個穿著紅色制服的男子，看來神情慌張，似乎在森林裡尋找什麼。這些人進入卡嘟里森林做什麼呢？

「天哪！這是什麼東西？」最後一張照片讓夏雨嚇得倒退兩步！

今天是怎麼回事？真是飽受驚嚇的一天！

「得立即去找優瑪商量這件事才行。」夏雨喃喃自語。

夏雨一手抱起電腦，另一手抓著沖洗好的照片就衝出研究室，嚇得兩隻正在散步的雞一陣驚慌飛跳。

「喂，等等我呀！你不可以拋下我！」阿通畫眉拍著翅膀跳追著夏雨。

夏雨聽到阿通畫眉的叫喚緊急煞住腳步，匆匆回頭捧起阿通畫眉放在肩膀上說：「事情不好了，我們麻煩大了，你自己要抓緊！我要趕快去部落找優瑪小頭目。」

阿通畫眉用尖銳的爪子緊緊鈎住夏雨的衣服，他被夏雨因跑動而起伏的身體震得頭暈，但是他知道自己得忍耐，因為他只是一隻無助的小鳥。

優瑪在雕刻室裡雕刻木梳。她答應以前奶奶要做一把全新的木梳送她。優瑪從來沒有做過這東西，腳邊橫七豎八的躺著許多失敗的木梳。

「要怎麼做木齒才不會斷裂呢？」優瑪傷透了腦筋：「如果沙書優在就好了。」

「沙書優在的時候，我也沒見他做過木梳，說不定沙書優也不會做呢！」胖酷伊隨口說。

「胡說！沙書優什麼都會，沒有什麼事難得倒他。」優瑪激動的反駁。

胖酷伊還想再說些什麼，夏雨就像一頭受到攻擊的山豬衝進雕刻室，把優瑪和胖酷伊嚇了一大跳！

「夏先生，你嚇死我了！有什麼可怕的東西在追你嗎？」優瑪謹慎的朝屋外張望。

「優瑪小頭目，沒有可怕的東西在追我，可怕的東西在這裡，我差點兒被這些照片嚇死！」夏雨上氣不接下氣的說著，並且將沖洗出來的照片遞給優瑪。

優瑪翻閱著照片，她的反應和夏雨幾乎一模一樣。差一點因迷霧堡主的真實身分笑倒在地上：「這不是迷霧堡主嗎？我胡亂猜測他們是癩蝦蟆，果然就是癩蝦蟆，哈哈哈，笑死我了！」優瑪拿起另一張照片，定睛看了幾秒，接著整個人激動得站起來，驚呼著：「是藤蔓和霧兒！你看，他們過得多幸福，還有個可愛的小嬰兒……」

夏雨接著打開筆記型電腦，指著螢幕說：「這個人應該就是那個到處照相的神祕人，你看他手上還拿著我的紅外線照相機。」

幾雙眼睛盯著照片瞧，照片裡的人穿著一件黑色的雨衣，雨帽蓋去了整張臉，身材瘦小，全身披掛著樹枝、藤蔓和樹葉，不細看還以為他是會移動的小灌木叢。他手上拿著相機，被拍下了側身。

「這是誰？是人嗎？」優瑪問。

「有體溫，不是人就是動物。」胖酷伊說。

優瑪指著另一張照片一臉疑惑：「這些穿紅色衣服的人是誰呀？」

「最近卡嘟里森林很熱鬧，來了奇怪的動物和奇怪的人。」夏雨探頭看了一眼紅衣人照片後說。

胖酷伊也瞄了一眼：「大尾巴怪獸是不是這群人帶來的？」

「誰知道。」優瑪聳了聳肩膀。

「優瑪頭目，還有更恐怖的。」夏雨點開電腦中的另一張照片檔案。

優瑪和胖酷伊一看，兩人同時害怕得尖叫起來：「啊！大尾巴怪獸！」

優瑪指著照片結結巴巴的說：「這……這就是……就是那個……天哪！胖酷伊，快點請帕克里和副頭目們過來，我們有大麻煩了。」

5 拜訪迷霧堡主

大尾巴怪獸全身毛茸茸的，頭上的絨毛幾乎要蓋住牠的眼睛，照片裡牠正拎起一隻松鼠的尾巴，好奇的盯著松鼠瞧。大傢伙的體型相當大，比大黑熊還要高大。那隻松鼠嚇得全身的毛都豎了起來。

帕克里和大樹來了。

優瑪一一對帕克里解說那些照片，帕克里臉色凝重的聽著。

「就是牠把森林裡的動物揍得鼻青臉腫嗎？」帕克里指著大尾巴怪獸的照片問。

「有可能，塊頭這麼大，連大黑熊都不是牠的對手。」吉奧說。

「我們什麼也無法確定。雖然有線索，但是連不起來。」夏雨說。

「這個黑衣人拿著相機，不就是他拍的照嗎？」瓦歷問。

「他拿著相機，但並不表示就是他拍的。」夏雨說。

「聽起來很嚇人！」吉奧說。「但是，拍照的人這次也拍了很多動物。從動物的表情看來，這個拍照的傢伙並不是隱形人，你們看迷霧堡主，他的神情非常憤怒，應該是發現或者是看到了拍照者。」

「吉奧分析得非常有道理。」夏雨讚賞的望著吉奧：「但是，有一種情形是，若這個拍照的人和動物混熟了，牠們知道這個人不具威脅性，就不會有所防備。」

「那到底是誰在拍照呢？」多米一副很苦惱的樣子。

「也許去找迷霧堡主問清楚，就能真相大白了。」吉奧說。

「看來又得去一趟迷霧幻想湖了。」優瑪說。

「這些照片裡，怎麼沒看見明星呢？」多米憂慮的重複翻看照片。

「是啊！牠怎麼了？去哪裡了？」瓦歷也焦慮的翻著照片。

「不會被這個白色大傢伙吃掉了吧？」多米說。

「不知道。沒有半點線索顯示大尾巴怪獸喜歡吃什麼。」夏雨說。

「這個大尾巴怪獸已經夠可怕了，現在又多了個神祕拍照人，卡嘟里森林到底是怎麼了？」大樹說。

帕克里靜靜的聽了許久，這時才緩緩的說：「大家先不要慌張，雖然卡嘟里部落從來沒發生這種事，但是既然麻煩來了，我們就冷靜的面對它。不要表現出害怕，那會讓我們的敵人得意。為了徹底解除森林的危機，我們得上山去獵捕大尾巴怪獸。這個傢伙體型比人還高大，我們必須派出最強壯的獵人隊伍上山。」

「這個白色的大傢伙看起來並不凶猛，模樣看起來反而還有點呆呆的。」大樹說。

「說不定是障眼法，雖然看起來憨憨傻傻，牠有可能是最凶猛的怪獸。」帕克里說。「三天後出發吧！這幾天我讓大家準備準備。」

阿通畫眉著急的拍著翅膀。

瓦歷首先注意到夏雨肩膀上的冠羽畫眉：「咦？這隻胖胖的冠羽畫眉是哪來的？」

大家這會兒才發現這隻胖胖的畫眉。幾雙小眼睛盯住阿通畫眉，讓他覺得難為情而低下頭。

「我在山上撿到的，他胖到飛不起來，我就把他帶回家了。」夏雨因為說謊而紅著臉傻笑。

「牠到底吃了什麼才胖成這樣？」多米用手指頭輕輕點著阿通畫眉的頭，阿通畫眉委屈的歪頭閃躲，並試圖啄多米的手指頭，幸好多米躲得快。

「你很凶耶！」多米裝出生氣的臉對畫眉說。

阿通畫眉看著夏雨，啾啾叫著，一副有話要說的樣子。

「夏先生，牠怎麼了？牠好像有話要說！」瓦歷說。

「我差一點忘了他。」夏雨抬頭望著瓦歷：「瓦歷，我可以麻煩你照顧他嗎？我最近實在太忙了。」

瓦歷把阿通從夏雨的肩上接過來捧在手心，毫不猶豫的答應：「當然可以，我會把牠照顧得好好的。牠長得很特別，我會提防我父親，不讓他偷偷帶去賣掉。」

阿通畫眉憂傷的垂下小小的腦袋，夏雨看著阿通畫眉，心裡酸酸的慨嘆著：「阿通啊阿通，這樣的懲罰真是夠了，是不是？但願天神憐你，能讓你早日以人類的身分重返家園。」

「帕克里，三天後，我也要加入獵捕隊伍。」一直沒出聲的胖酷伊突然尖著嗓門說：「我需要克服這該死的詛咒，除了抓山豬、飛鼠和射長矛之外，我什麼事也做不來，我要抓住這個大傢伙，破除這詛咒。」

「不行，胖酷伊，牠會扯下你的手臂。」優瑪立即制止，用威脅的語調說：「那個大傢伙還會把你甩到空中轉好幾圈，讓你卡在大樹上下不來。」

胖酷伊心裡閃過一絲絲的驚恐，但是，他又立刻壯起膽子：「我一定要去！優瑪，讓我去，讓我成為真正的小勇士。」胖酷伊懇求著。

胖酷伊除了上山抓山豬之外，從來沒有離開優瑪超過半天的時間，優瑪怎麼放心讓只有一丁點兒本事的胖酷伊離開身邊這麼多天，何況是去獵捕這麼巨大凶猛的野獸。

「不行，絕對不可以。」優瑪堅決的說。

「優瑪，讓我去。」胖酷伊再一次懇求。

「優瑪小頭目，你讓他去吧！他是個勇士，不是嗎？」夏雨說：「胖酷伊可以使用長矛，我們會需要他的。」

優瑪緊閉著嘴脣，她心裡有種怪怪的預感：胖酷伊會回不了家。

夏雨把藤蔓和霧兒的照片悄悄遞給帕克里，帕克里接過照片看了好一會兒，抬頭用感激的眼神謝謝夏雨，夏雨會意的微笑回應。

帕克里將視線拉回照片上，泛著淚水的目光久久無法移開。

帕克里想起兒子藤蔓去年愛上迷霧家族的霧兒姑娘，因為受到迷霧堡主的反對，於是帶著霧兒姑娘遠走高飛，從此再也沒有回部落。帕克里無法理解，部落裡沒有人反對他們，也沒有人認為卡嘟里族人不能和迷霧家族的非人類共組家庭，但是，藤蔓就是不願意回來，寧願拋棄部落的老父母也不願意回來。藤蔓是個善良的孩子，也許，他不想讓部落和迷霧幻想湖因為此事產生衝突吧！

帕克里悄悄把照片收進口袋裡，深深吐出一口氣。只要藤蔓快樂，不管他在哪裡，只要他快樂就好。

隔天，優瑪、胖酷伊、吉奧、瓦歷和多米一早便起程前往迷霧幻想湖。

他們穿越黃楊樹林、芒草小徑，爬上陡峭的石壁進入檜木霧林，再往下切入溪谷，終於抵達霧氣濃重、氣氛陰森的迷霧幻想湖。

湖裡的翹尾巴小水怪見有人來到，躍出水面怪聲怪氣的尖叫。

優瑪和副頭目們站在迷霧幻想湖邊，想起幾個月前，他們站在這個神祕莫測的湖邊，害怕得發抖。那是他們第一次拜訪傳說中的鄰居，為了告訴他們部落上方岩石山的一塊岩石即將崩落，崩落後的岩石將跌落迷霧幻想湖。當時，優瑪鼓起勇氣走上霧橋，進入迷霧城堡，終於揭開了迷霧幻想湖的神祕面紗。

此刻，四周林木森森，被松蘿包覆的樹幹依然像張牙舞爪的綠色怪物；湖裡的翹尾巴小水怪依舊陸續跳出水面，尖聲怪叫虛張聲勢。這一切都沒有改變，不同的是優瑪和副頭目們不再感到害怕，他們知道湖裡住著的是一個脾氣不太好但心地善良的鄰居。

湖面上聚攏了濃霧，濃霧緩慢凝聚成迷霧堡主的臉龐，他面帶微笑的招呼優瑪他們：「全都進來吧！」

從迷霧堡主的鬍鬚裡緩緩伸出一道霧橋，直達優瑪一群人的腳跟前。

「全都進來吧！」迷霧堡主再一次邀請。

這次不再是優瑪一個人進去，副頭目們與胖酷伊都走上霧橋。雖然是第二次走在霧橋上，副頭目們依然覺得趣味盎然。

去年夏天，大黑熊惡靈為了報復自己被獵人槍殺，以及找回兩隻不知去向的小熊，利用迷霧幻想湖設計了一個假的卡嘟里部落，企圖將所有卡嘟里族人鎖在假部落裡。幸好，最後靠著以前奶奶訴說以前的美好，找出破解之道，讓大家得以脫離假的卡嘟里部落。當時，迷霧堡主降下霧橋，讓族人回到真實的部落。

走到霧橋的盡頭，濃霧築成的門自動打開，一行人進入迷霧城堡。

迷霧堡主笑臉盈盈的站在大草原上迎接他們：「我知道你們為什麼而來。」

優瑪微笑著說：「你知道我們是為了那部照相機而來？」

「什麼照相機？」迷霧堡主疑惑的問：「你們不是為了巫術箱的事來質問我嗎？」這個迷霧堡主知道每一件發生的事，卻猜不透別人的心思，每次都猜錯優瑪前來拜訪的目的。

「你知道巫佳佳有一個魔法巫術箱的事？」優瑪訝異的問。

迷霧堡主點點頭：「嗯，沒有什麼事我們不知道。除了人腦袋裡的想法。」

「我們不是為了巫術箱的事而來，」多米說：「雖然那件事的確讓我們很傷心。」

大家憶起兩個月前，優瑪為了幫掐拉蘇解決女巫傳人的問題，雕刻了一個名叫巫佳佳的小女巫木雕，並且用迷霧堡主贈送的木頭鑿了一個巫術箱，沒想到這個巫術箱居然是一個魔法巫術箱，把卡嘟里部落攪得天翻地覆，最後巫佳佳為了救大家脫離險境而犧牲了自己。

「我們怎麼會為了那件事責怪你呢！」優瑪說。

「那你們是為了什麼來呢？」迷霧堡主一臉疑惑。

很顯然的，迷霧堡主已經忘記自己在卡嘟里森林裡出現過的，並且被拍下照片的事情。

優瑪拿出兩張照片小心翼翼的遞給迷霧堡主，一張是迷霧堡主蛻變成癩蝦蟆的照片，另一張則是藤蔓和霧兒一家三口的照片。優瑪、胖酷伊和副頭目們盯著迷霧堡主瞧，他們知道這兩張照片即將帶給他很大的震撼。

迷霧堡主看著自己蛻變成癩蝦蟆的照片，眼睛愈睜愈大，他突然用雙手蓋住照片，神情緊張的問：「除了你們，還有沒有其他人看過這張照片？」話剛說完，他的鬍子就冒出煙來。

「你的鬍子，你的鬍子……」優瑪叫了起來。

迷霧堡主趕緊將鬍子裡冒出來的火星吹熄，幾次深呼吸後說：「別見怪，我一生氣，鬍子就會冒煙，如果不吹熄，就會著火。」

「那你得學習不管遭遇什麼事都不生氣才行。」多米說：「否則你會連頭髮都燒光。」

「除了我們，部落其他族人也都看過這張照片。」優瑪不太好意思的說。

「森林裡什麼時候有這些奇怪的東西，竟然可以把人的樣子給拍下來，為什麼我毫無所覺？」

「這張照片是在卡嘟里森林拍的，夏先生為了研究動物，在森林裡放置了二十幾部紅外線體溫偵測照相機來記錄動物的活動。」優瑪解釋著。

「我幾百年來也沒去過一次卡嘟里森林。」迷霧堡主忿忿的說：「哼，這次都是為了抓回那兩隻逃進森林裡的小水怪。」

迷霧堡主又做了一次深呼吸，指著那張癩蝦蟆照片說：「就這麼一次，這麼巧就被一個莫名其妙的人拍了照。沒禮貌的傢伙。」

「那個人的長相你看清楚了沒有？」優瑪急切的問。

「是人嗎？」瓦歷也迫不及待的問。

「根本看不清楚他的臉，他又瘦又小，整張臉被雨帽給遮住了，還全身披掛著樹葉和樹枝。」

「那——個——人——沒——有——臉——？」多米蒼白著一張臉，用顫抖的聲音緩緩的說。

「我不知道他有沒有臉，我沒看到他的臉。」迷霧堡主補充。

「那個人拍完照之後做了什麼？又去了哪裡？」吉奧問。

「那個人在我背後弄出很大的聲音，我一回頭就看到他把照相機在我面前晃了一下，然後若無其事的走開，我喊他他也不回應，就這樣消失在森林裡。」迷霧堡主說。

「所以這個人沒有留下任何線索。」吉奧惋惜的說。

「有，他走後，我發現一樣東西。」

優瑪和副頭目們眼睛閃亮起來，異口同聲的問：「發現什麼？」

「他留下了腳印，正確的說應該是小小的鞋印。」迷霧堡主說。

「鞋印？那拍照的傢伙毫無疑問就是人囉，鬼沒有重量，不會留下腳印。」多米鬆了一口氣。她無法忍受曾經有個疑似「鬼」的傢伙在卡嘟里森林裡活動。

迷霧堡主伸手比了一下鞋子的大小：「這個人的腳不比孩子的腳大多少。」

優瑪從背包裡取出雕刻刀和一塊木頭，按照迷霧堡主描述的樣子雕刻出鞋底，迷霧堡主從旁補充鞋印的大小與紋路，讓優瑪得到一個珍貴的線索。

優瑪和副頭目們踏上霧橋準備回家時，多米問迷霧堡主：「迷霧家族的原形真的是照片上那樣嗎？」

迷霧堡主臉色一沉，表情嚴肅的沉思了好一會兒才說：「這真是迷霧家族的一大禁忌呀！一旦真面目被發現，我們就得離開了。」

優瑪和副頭目們全感到一陣錯愕！

「別這麼震驚，你們會有新鄰居的。」迷霧堡主說。

「你們要離開了嗎？」優瑪問。

迷霧堡主點點頭：「嗯，是離開的時候了。」

「為什麼會這樣？」多米一臉難過。

「幻想一旦破滅，就失去力量了。」迷霧堡主說。

「我們可以假裝不知道這件事，你們就不用離開啦。」優瑪說。

「這種事怎麼假裝得了呢！」迷霧堡主微笑著說。

「你們離開卡嘟里部落後，準備去哪裡呢？」吉奧問。

「也許會和另一個迷霧家族交換湖泊居住。」

「湖裡那群水怪，你們也會帶走嗎？」胖酷伊問。

迷霧堡主點點頭：「對，照顧牠們是我們的責任。」

「那霧兒和藤蔓怎麼辦？」優瑪問。

「霧兒會知道我們搬到哪裡。」迷霧堡主說。

「你還不能原諒藤蔓嗎？」優瑪問。

迷霧堡主沉默下來，將拿著藤蔓和霧兒照片的手放到背後去，然後輕輕的嘆了一口氣。

走在霧橋上，翹尾巴小水怪紛紛跳出水面，尖聲怪笑著，彷彿知道這是牠們最後一次見面似的，叫得特別賣力。

回程的路上，優瑪和副頭目們沉默的走在山徑上。

「卡嘟里森林失去了迷霧城堡，還算是完整的卡嘟里森林嗎？」瓦歷感慨的說。

「會有新的迷霧家族搬進來。」多米說。

「是啊！迷霧幻想湖還在那兒。」吉奧說。

「誰知道他們又是什麼怪東西。」胖酷伊不在乎的說。

優瑪回頭看了一眼迷霧城堡，霧漸漸散了，城堡淡了，優瑪卻感覺心中的離愁變濃了。

9 瓦歷的眼淚

瓦歷抓了一把小米給阿通畫眉當午餐，阿通畫眉蹦蹦跳跳的來到木盒旁啄食小米。

「真奇怪，牠到底吃了什麼才會胖成這樣？」瓦歷的媽媽艾娜瞧了瞧著阿通畫眉，又擔憂的對瓦歷說：「你爸爸到山裡快一個星期了吧，怎麼沒消沒息的呢？」

阿通畫眉吱吱嘰嘰的在原地跳著，一副有話要說的樣子。

「你不會剛好知道阿通在哪裡吧？」艾娜伸手摸摸阿通畫眉的背部，溫柔的說。

「他沒事的啦！夏雨那天拿回來的照片裡，有拍到他。」瓦歷安慰媽媽。

其實瓦歷也覺得奇怪，有什麼事值得在森林裡逗留一個星期都不回家？瓦歷決定去找夏雨，看看最近是否有哪一部照相機拍到父親。

瓦歷把阿通畫眉放在肩膀上，往夏雨家走去。

來到研究室時，夏雨正忙著將照片歸檔。

瓦歷將阿通畫眉放在桌上。

「嘿，胖鳥，我們又見面了。」夏雨熱情的打招呼：「昨晚睡得好嗎？」

阿通畫眉跳了幾下，看起來不太開心。

「我爸爸已經上山一個星期了，他不會有事吧？最近的照相機有沒有拍到他呢？」

夏雨看著瓦歷，欲言又止，將所有的照片放在桌上說：「還沒有新的照片，這些是舊的，你看看是否找得到什麼。」

瓦歷特別挑出阿通在森林裡和夏雨打架前後被拍的照片。

「我爸爸沒說他要去哪兒嗎？」瓦歷問。

「嗯，這個，阿通……嗯……他說要在森林裡多待幾天。」夏雨支支吾吾的望著桌上的阿通畫眉。阿通畫眉對著夏雨眨眼睛，暗示他不可以說溜嘴。

「小時候，我覺得爸爸是卡嘟里部落最厲害的人，因為他知道每一種鳥的習性，很輕易就可以找到鳥巢的位置。所有的鳥蛋，他看一眼就知道是誰家的寶寶。」瓦歷看著阿通的照片有感而發：「但是長大之後，我開始無法理解他的行為。他把剛出生的雛鳥抓回家養大，有些賣給山腳下的人，有些則放回森林，我不懂他為什麼要這樣做。」

阿通畫眉看著瓦歷，尖尖的喙子半張著，一副想說話的樣子。

「你恨他嗎？」夏雨這句話是幫阿通問的。

「恨他？他是我爸爸，我怎麼可能恨他！我只是希望他不要再那樣做。」瓦歷說：「我希望他像個卡嘟里族的人。」

「他會的，瓦歷，阿通一定會愈來愈像個卡嘟里族人，我跟你保證。」夏雨說。

瓦歷笑了起來：「你怎麼能幫他保證啊！我猜他現在可能正爬上某一棵樹，準備偷誰的鳥蛋呢！」瓦歷忽然想到什麼，一臉訝異指著他們打架的照片問：「你和我爸爸是死對頭耶！他做了什麼竟然讓你願意幫他掛保證？」

夏雨傻笑著，搓搓鼻子說：「他沒有為我做什麼，我只是覺得冤家宜解不宜結嘛！當朋友當然好過當仇人。」

阿通畫眉看看瓦歷又望望夏雨，心裡難受得轉過身去。

夏雨看在眼裡，他捧起阿通畫眉說：「走吧！胖鳥，我們到屋外吹吹風。」

夏雨把阿通畫眉放在樹枝上。

「聽到了吧，你兒子希望你以後別再那樣做了。」夏雨隨口說完才意識到阿通已經是一隻鳥了，他搖搖頭，感慨的說：「就算你以後想做都很難了。」

「你不要在那裡說風涼話，快想辦法把我變回原形啊！」阿通畫眉忿忿的說，他的聲音變了，變得尖銳又短促。

「你的聲音變了！」夏雨很驚訝：「你愈來愈像鳥了。」

「小時候我聽爺爺說過，以前有人變成松鼠，沒多久就無法說人話，再沒多久就變成一隻真正的松鼠，就算遇見檜木精靈許願也沒有用了。」阿通畫眉說：「那時候我認為那是爺爺說來哄小孩的故事。」

「這個『沒多久』是多久？」夏雨緊張的追問：「你變成鳥已經過了兩天，所以，這個『沒多久』應該是兩天以上的時間吧？」

「一定得在我說不出話之前讓我變回阿通。」阿通畫眉說。

「你以為我是檜木精靈嗎？我有什麼辦法！」夏雨說：「這件事得讓優瑪頭目知道。」

「她跟瓦歷一樣是個孩子，她懂什麼？」阿通畫眉說。

「她雖然是個孩子，但是你別忘了，她帶領卡嘟里部落平安度過很多危機。」夏雨說：「孩子的想法單純卻富有想像力，有時候反而讓複雜的事情變得簡單。」

「你怎麼可以讓瓦歷知道他爸爸已經變成一隻鳥，還是一隻不會飛的鳥。」阿通畫眉說。

「你得面對現實，胖鳥。」夏雨說。

「不准你再叫我胖鳥！」阿通畫眉憤怒的在枝頭上跳著。

「要不要說出事實，你自己決定，變回阿通或永遠當一隻胖鳥，都在你一念之間。」夏雨說。

阿通畫眉低頭痛苦的沉思著：「我阿通怎麼會淪落到這樣的地步！如果身體再瘦一點，至少我還可以飛翔，飛離卡嘟里森林和部落，一輩子不再回來，時間久了，大家就把阿通給忘了；但是我現在偏偏是一隻胖到飛不起來的畫眉，瓦歷和艾娜會怎麼看我？我該怎麼做呢？這玩笑真的開大了……」

「喂，你決定怎麼樣啊？」夏雨不耐煩的催促著。他心裡著實為阿通緊張，雖然不喜歡阿通，但是也不願意見到他永遠變成一隻鳥。

阿通畫眉呼出一口氣：「我準備好了，你告訴瓦歷，告訴優瑪吧！」

「早這樣做就不會浪費時間了。」夏雨捧起阿通畫眉往屋裡走去。

瓦歷還埋首在照片裡：「真奇怪，這附近都有紅外線體溫偵測照相機，為什麼就是沒拍到我爸爸呢？」瓦歷臉色一沉：「他……會不會也跟沙書優頭目一樣，從此失蹤？」

夏雨把阿通畫眉放在瓦歷面前。

「瓦歷，阿通並沒有失蹤，他現在就在這個屋子裡。」夏雨說。

「在這屋子裡？」瓦歷四處張望著，這屋內再簡單不過了，有兩扇門，一間是夏雨的工作室兼睡房，另一間則是沖洗照片的暗房，他躲在其中一扇門後面嗎？為什麼要躲起來？

「你開我玩笑吧？這屋裡只有你和我。」瓦歷笑著將視線停在阿通畫眉身上：「難道這隻鳥是我父親阿通變的嗎？」

「是，他就是阿通變的。」夏雨認真的說。

「別開玩笑了！」瓦歷不相信的看看夏雨又看看阿通畫眉，但夏雨認真的表情，讓瓦歷收起臉上的笑容。

瓦歷銳利的目光像強烈又熾熱的光，刺得阿通畫眉連忙轉開小小的腦袋。

「是真的，阿通現在還可以說話。」夏雨蹲下身對阿通畫眉說：「你快跟瓦歷說句話吧！」

阿通畫眉在桌上用小碎步走來走去，遲疑到底該說什麼。

瓦歷等了許久，他轉頭對夏雨說：「你別鬧了，這隻鳥怎麼可能……」

他話還沒說完，就聽到一種尖銳又短促的聲音從畫眉的嘴裡溜出來：「瓦歷，真的是我，我是爸爸。」

瓦歷驚呆了！他瞪大眼睛望著阿通畫眉，這聲音是有點像阿通的聲音。

「這是真的，我已經變成一隻鳥了。」阿通畫眉憂傷的說。

瓦歷無法思考，他看著眼前的冠羽畫眉用父親阿通的聲音說話，腦子裡嗡嗡作響，只感覺得到憤怒。

瓦歷猛地站起身，用盡全身的力量大喊：「這就是天神給你的懲罰！」接著他流著眼淚奪門而出。屋裡一片靜寂。

「他從來沒諒解過我。」阿通畫眉垂下頭，臉上落下兩滴如雨水般細小的淚珠。

「任何人遇到這樣的事都很難接受，多給瓦歷一點時間吧！」夏雨說：「真不知該如何收拾這一切。走吧，我帶你去見小頭目優瑪，她必須知道這件事。」

「不用了，我誰也不想見，就讓我永遠變成一隻不會飛的胖鳥，把我丟到外面給蛇吃了吧！」阿通畫眉的聲音悲傷極了，他將整個身體鑽進桌上相簿堆裡。

「不要這樣，一定有辦法解決，不要輕易放棄，一定要努力到最後一秒鐘。」夏雨懇切的勸著阿通畫眉，接著開始在屋子裡來回踱步，嘴裡唸唸有詞：「一定有辦法，一定有辦法的。」

「夏先生。」阿通畫眉將頭鑽出相簿。

夏雨重新蹲了下來。他很訝異，這是阿通第一次稱呼他「先生」，以前阿通都粗聲粗氣的叫他「臭傢伙」。

「什麼事？」

「對不起。」阿通畫眉輕聲的說。

「為什麼說對不起？」夏雨腦子快速的轉著，阿通是為了抓鳥行為道歉，還是覺得他變成一隻鳥之後得處處麻煩別人而道歉？

「我是個壞傢伙，差點就把你變成胖鳥。」阿通畫眉說。

「沒關係，反正我也沒有變成胖鳥。」夏雨故作輕鬆的說。

「我還是得為我卑鄙的行為道歉！」

「我認為你應該去跟瓦歷和艾娜道歉，他們沒有了爸爸和丈夫，日子會更艱難。」

「我對不起瓦歷和艾娜，瓦歷有一個鳥爸爸，艾娜有一個鳥丈夫……他們會一輩子抬不起頭來……我也對不起卡嘟里部落……」阿通畫眉啜泣起來。

屋裡瀰漫著一股哀傷的氣氛。

瓦歷出現在門口，故意咳了兩聲、清了清喉嚨。

夏雨轉頭看著瓦歷，阿通畫眉也將半個身子鑽出相簿。

「夏先生，無論如何，我都得帶他回家。照顧他是我們的責任。」瓦歷紅著眼眶說。

「嗯。」夏雨點點頭：「瓦歷，你聽好，阿通畫眉過不久就會說不出人話，這『過不久』有多長我們不曉得。他說不出人話之後，再『過不久』就會變成真正的鳥，永遠也變不回阿通的模樣。」

瓦歷臉上閃過一絲驚懼，永遠變成鳥？

「到底發生了什麼事？」瓦歷問。

夏雨將兩人在山徑上撞見，一言不合打了一架，又一起進入山洞躲雨，天亮後阿通向扁柏精靈許願的經過跟瓦歷說了一遍。

瓦歷聽完，盯著阿通畫眉看，阿通畫眉則羞愧的低下頭去。

「你先去找優瑪商量這件事，看看可否在頭目日記裡找到一點蛛絲馬跡。」夏雨提醒著。

瓦歷點了點頭輕輕捧起阿通畫眉放在肩膀上，憂傷的離開夏雨的研究室。

走在山徑上，阿通畫眉和瓦歷一路無言。瓦歷偶爾想說什麼，卻又嚥了回去；阿通畫眉好幾次張著嘴望著瓦歷，卻什麼也說不出來。這個時候到底該說些什麼呢？

兩人一路聽著瓦歷沉重的腳步聲來到優瑪家。

優瑪在庭院裡舉著斧頭劈砍木頭，她得把木頭劈成小塊的木柴，方便生火煮飯。這以前是沙書優的工作，沙書優失蹤之後，換成以前奶奶。雖然以前奶奶還能勝任這份活兒，但是優瑪覺得自己已經長大，可以攬下這些工作了。胖酷伊很想幫忙，但是他的斧頭永遠對不準木頭，劈了半天只是把樹皮給剝下來。

一個上午，優瑪已經把木頭劈成小山一般高了。

「你看，這一點也不難嘛！沙書優常說天下沒有困難的事。但是這麼簡單的事對你來說卻是這樣的困難。」優瑪對胖酷伊說。

「所以我才要去山上自我磨練。」胖酷伊抱起一堆木柴往廚房走去。

優瑪看著胖酷伊的背影，許多複雜的想法在腦子裡盤旋。胖酷伊雖然是個木頭人，但是他有思想，會快樂也會悲傷，有成就感也有失落感。他最近不快樂，因為他已經厭倦只會抓山豬和抓飛鼠。

胖酷伊走回柴堆，蹲下身將木柴堆疊在手臂上，再一次抱到廚房。

優瑪看見瓦歷悶著一張臉站在庭院，肩上還站著胖鳥畫眉。

「瓦歷，你怎麼了，臉色這麼難看？」優瑪問。

瓦歷看著優瑪，突然啜泣起來！優瑪嚇了一跳，扔下斧頭走向瓦歷。

「發生什麼事了？」

「我爸爸……爸爸……他……變成鳥了……」瓦歷抽抽噎噎的說。

「什麼？你爸爸變成鳥了？」優瑪不確定自己耳朵聽到的。

瓦歷把所有的事情跟優瑪說了一遍。

優瑪看著瓦歷肩膀上的胖畫眉，驚訝的問：「牠就是阿通？」

「是，我是阿通，優瑪頭目。」阿通畫眉說。

「噢，天哪！這下事情嚴重了。」優瑪對著廚房大聲喊：「胖酷伊。」

胖酷伊從廚房跑出來。

「快點請多米和吉奧過來，事情不好了。」

胖酷伊馬上分別朝著多米和吉奧家射出長矛。

沒多久，多米和吉奧來到優瑪家。聽完瓦歷說明事情發生的始末，兩人不約而同的望著阿通畫眉。

「一個一輩子都在抓鳥的人，最後卻變成鳥，這該怎麼說呢？」多米望著阿通畫眉，嘟嘟囔囔的說。

「我們還是趕快去頭目書房找資料吧！時間太緊迫了。」吉奧焦急的說。

優瑪吐出一口氣說：「嗯，我的胃又開始緊張了。」

依規定，阿通不能進入頭目書房，所以優瑪捧著阿通畫眉請以前奶奶暫時照顧。以前奶奶坐在屋簷下的籐椅上打瞌睡，優瑪輕輕拍著她的手臂，以前奶奶醒過來，睜著一雙迷濛的眼睛望著優瑪。

「姨婆，我們要去頭目書房，你幫我們照顧一下這隻鳥好嗎？」

以前奶奶隨意的點點頭，又繼續睡。優瑪將阿通畫眉擺在以前奶奶肩膀上，順便拿掉黏在她頭髮上的一根小樹枝，樹枝上有幾片細長的葉片。優瑪定睛細看，心裡起了疑惑，這是香杉的葉子，部落附近並沒有香杉，以前奶奶去了森林嗎？優瑪雖然覺得奇怪卻沒時間多想，扔了葉子，和副頭目們進入頭目書房。

幾個人從黃昏開始翻閱日記，直到天大亮，終於找到一條有用的線索。在優瑪曾曾祖父的日記裡，發現一段相關的記載：

森林裡有許多精靈跑來跑去，族人上山採野菜或打獵的時候，偶爾會碰到這些蹦蹦跳跳的精靈。我一再告誡族人，不要胡亂對他們許願，否則將招來禍害。十一歲的巴福就是這樣，他為了報復弟弟巴山折斷他的弓箭，就向許願精靈許願，讓巴山變成一隻松鼠。巴山果然變成一隻松鼠。剛開始，巴山還會說人話，但是，幾天之後，巴山再也說不出話來了，兩天之後，巴山就變成一隻真正的松鼠，逃進森林裡再也沒有回來，巴福後悔也來不及了。

「日記裡沒有說明這個『幾天之後』到底是幾天。還好，總算知道不說話之後，只有兩天的時間。」優瑪說。

「阿通變成鳥已經三天了。」多米數了數日子。

瓦歷掩面哭了起來：「怎麼辦呢？時間很緊急，也不知道他到底什麼時候會變得說不出話來。」

胖酷伊站在一旁試圖安慰瓦歷：「一定會有辦法的。」

「起碼知道最少還有兩天的時間。」吉奧說。

優瑪和副頭目們離開頭目書房，來到庭院，四處尋找以前奶奶和阿通畫眉，卻不見他們蹤影。

優瑪神色緊張的說：「姨婆最近的行為很奇怪，常常一早就不見人影，有時候一整天都不知道去了哪裡。」

「那糟了！她帶著阿通畫眉去哪裡呀？」多米也緊張起來。

瓦歷急得跳腳：「那怎麼辦？以前奶奶會不會把我爸爸遺忘在哪裡忘了帶回家？他看起來那麼小、那麼無助、那麼需要人照顧……」瓦歷忍不住又啜泣起來。

優瑪感覺巨大的壓力推湧到了胸口，她連續做了幾次深呼吸，才稍微舒緩下來。怎麼辦？麻煩又像森林裡的霧那樣，鋪天蓋地的漫過來：大尾巴怪獸沒有新的線索、森林裡的動物持續被不知名的怪物傷害、阿通竟然變成畫眉鳥、以前奶奶怪異的行徑讓人擔心，還有，沙書優在岩石上留下的太陽圖案又代表什麼呢？

優瑪有幾秒鐘的衝動想逃入森林，讓自己像沙書優一樣從此失蹤。但是她很快就清醒過來，她是達卡倫家族的傳人，是卡嘟里部落的頭目，她不能任性，也不能將所有的麻煩事扔給帕克里，該是她勇敢承擔這一切的時候了。

10

大尾巴怪獸現身

帕克里、大樹、瓦拉、夏雨和阿莫來到優瑪家，想商議明天進入森林搜尋大尾巴怪獸的路線和策略，卻看見優瑪他們慌張的在屋子前後跑過來跑過去，好像在尋找什麼。

「發生什麼事了？你們在找什麼呀？」帕克里被現場氣氛感染，不由得也緊張起來。最近發生的古怪事情實在太多，希望不要再發生什麼事才好！

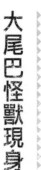

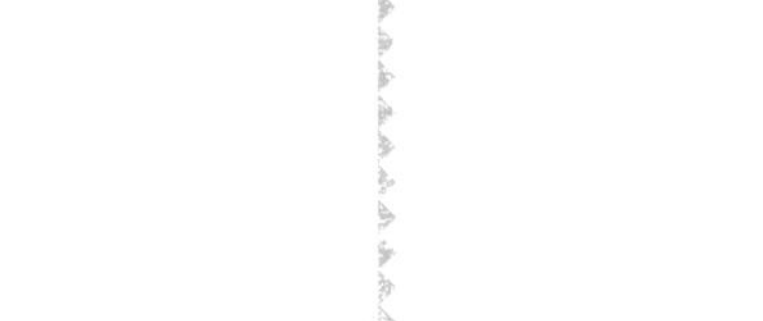

優瑪正猶豫著該怎麼告訴帕克里關於阿通變成鳥的事，多米已經脫口而出：「瓦歷的爸爸阿通，他……變成鳥了。」

除了夏雨之外的人全都同時「啊？」了一聲，有人懷疑，有人震驚，還

有人以為自己聽錯。

「你們沒有聽錯，阿通變成一隻不會飛的胖冠羽畫眉了。」多米又重複了一遍。

「那畫眉鳥呢？在哪裡？」大樹朝四周張望著。

「被以前奶奶帶走了。」吉奧說：「以前奶奶不見了。」

帕克里在心裡嘆了一口氣，果然又是一件不可思議的事！小時候聽過的傳說，居然在這把年紀親身經歷了！

帕克里同情的看著瓦歷，嘆了口氣：「先別灰心，大家一起想想辦法。」

「有什麼辦法可想？」優瑪說：「我們查過頭目日記，以前有個叫巴山的人也變成一隻松鼠，幾天之後，再也沒有機會變回人了。」

瓦歷聽到這裡又傷心起來，他別過臉去抹掉眼淚。

大夥兒忽然都沉默下來。風呼呼的吹，幾片楓葉在天空旋轉翻飛後，掉落在庭院。

部落小徑傳來一種鞋底拖著地面的摩擦聲，大家對這聲音是再熟悉不過了，那是以前奶奶的腳步聲！當大家朝庭院外邊望去，每個人彷彿觸電一般，心臟幾乎停止跳動！

以前奶奶從外面走進庭院，阿通畫眉坐在她的肩膀上。看見許多人聚集在家門口，她露出驚訝的表情說：「沙書優到山上去了，你們不知道嗎，怎麼還來找他開會？」

沒有人理會以前奶奶又說莫名其妙的話，優瑪甚至沒注意到以前奶奶有說話，庭院裡的每一個人都露出他們這輩子最驚恐的表情！

白色的巨大怪獸就站在以前奶奶身後，俯瞰每一個人！

大尾巴怪獸比卡嘟里山區最高最壯的黑熊還要再大許多，全身雪白，只有兩顆眼珠和鼻頭是黑的，白色的大尾巴拖在地上，身上的毛髮隨風飄動。牠的模樣雖然看起來傻乎乎的，巨大的身形卻足以把人嚇到心臟停止跳動。

沒有誰敢動一下，甚至嚥一下口水、眨一下眼。

以前奶奶眼睛順著眾人的視線緩緩轉頭往身後望去，大尾巴怪獸巨大的身影遮去了陽光，以前奶奶正想要說什麼，巨獸迅速的抓起她夾在左邊腋下，阿通畫眉則拍著翅膀跌在地上。

瓦歷擔心阿通畫眉被巨獸踩扁，一個箭步衝過去抓起阿通畫眉；在這同時，大尾巴怪獸往前走了兩步，一把抱起距離牠最近的胖酷伊，轉身往森林的方向跑去。

這一切發生得太快了！當所有人回過神來，大尾巴怪獸已經跑進森林裡。優瑪最先衝出庭院，所有人也跟著追出去。

「放下以前奶奶和胖酷伊！」優瑪用盡全力的吼著。

大尾巴怪獸巨大身影完全消失在森林裡。

優瑪喘著大氣看著大尾巴怪獸消失的森林。

「姨婆！胖酷伊！」優瑪傻愣愣的望著怪獸消失的方向呼喚著。

「這個大傢伙實在太嚇人了！」大樹還驚魂未定。

「這個怪東西是從哪裡來的呢？」瓦拉聲音裡帶著恐懼：「森林裡不可能只有一隻。世界上不可能只有一隻單一物種，除非是滅絕到剩下最後一隻。」

「你是說，卡嘟里森林裡可能有好幾隻這種怪獸在活動？」大樹問。

「我說可能而已。」瓦拉說。

「要請族人們小心了，牠有可能再度闖入部落。」帕克里說。

「夏先生，瓦拉說的是真的嗎？」多米不安的問。

「我無法判斷。這些都只是推測。」夏雨說：「這個動物可能是新物種，我翻遍書籍都沒見過這種動物。我們對牠的了解太少。」夏雨繼續解釋：「卡嘟里森林這麼大，沒辦法在森林的每個角落都放紅外線體溫偵測照相機，能拍到的動物很有限。」

「通知族人們這陣子沒事少出門。」帕克里說：「大家回家把獵槍拿出來，趁著腳印還清晰的時候，趕快上山。二十分鐘後，到這兒集合出發。」

帕克里和其他人立即飛奔回家，準備上山的東西。

「別擔心，優瑪，我們會救回以前奶奶和胖酷伊的。」夏雨試著安慰一臉茫然的優瑪。

「牠發現胖酷伊是個木頭人就會把他丟掉，因為根本不能吃。」多米也安慰優瑪。

「但是以前奶奶……」吉奧說。

「牠也會發現以前奶奶太老，一點都不好吃。」瓦歷接話。

「他們一定嚇壞了！」優瑪一想到她最愛的三個人居然都離開她，再也止不住悲傷哭了起來。

多米趨前摟著優瑪：「別擔心，他們會逢凶化吉的。」

阿通畫眉拍著翅膀一副有話要說的樣子。

大家看著阿通畫眉。

「對了，問問他，以前奶奶剛才去了哪裡？」吉奧說。

「大尾巴怪獸是跟蹤以前奶奶回家的嗎？」多米說。

瓦歷將阿通畫眉捧到每個人都看得到的高度。

「阿通，你快告訴我們，以前奶奶帶你去了哪裡？」夏雨半蹲著身子讓阿通畫眉可以看見自己。

「她走進……森林……找東西……她喜歡玩……喀喀……聲……」阿通畫眉斷斷續續的說著，聲音沙啞又短促，不再是阿通原來的聲音。

瓦歷痛苦的叫了起來：「他就要說不出話了！他就要說不出話了！」

「阿通，你說以前奶奶愛玩什麼喀喀？喀喀是什麼呀？」吉奧追問。

「喀……喀……」阿通畫眉張著嘴巴再也發不出聲音。

瓦歷絕望的閉上眼睛。

阿通的妻子艾娜聽到自己的丈夫變成鳥，匆忙趕到優瑪家想證實真假。

她來到瓦歷身旁，看見瓦歷手上胖胖的冠羽畫眉。艾娜表情相當震驚，語調卻異常冷靜：「這一切都是真的？這隻鳥，就是阿通？」

瓦歷點點頭。

阿通畫眉別過臉去，不想看見妻子憂傷的臉。

艾娜看著阿通許久許久，才溫柔的捧起阿通畫眉默默離開。

「艾娜。」夏雨叫住她：「我們在想辦法了。」

艾娜和阿通畫眉對看一眼後，轉身對夏雨點點頭說：「麻煩你們了，謝謝。」

「這時候，我最好回去陪陪她。」瓦歷跑到艾娜身旁和她並行走著。

「剩下兩天的時間，阿通就再也回復不了人的模樣了。」吉奧說。

「這件事誰都無能為力。」夏雨說。

「阿通到底想說什麼呢？他看起來很著急。」吉奧說。

「那樣子看起來，好像以前奶奶做了什麼讓人吃驚的事。」多米說。

優瑪朝屋裡望了一眼，平常以前奶奶很少到森林裡去的，她剛剛到森林去做什麼呢？

帕克里帶領著族人走進森林，他們發現一件非常奇怪的事，居然追尋不到大尾巴怪獸留下的腳印！剛才明明看見牠從這個方向進入森林！

「實在太離奇了，這隻怪獸居然沒有留下任何腳印。」夏雨拍著腦袋，一臉不可思議的說：「不可能沒留下腳印哪！」

每個人都很疑惑，努力思索著不留下腳印的種種可能，也許因為牠健步如飛所以沒有留下腳印，也有可能大尾巴怪獸其實長了翅膀，飛翔中的怪獸就不會留下腳印，或有誰跟在大尾巴怪獸身後替牠湮滅了腳印？

「如果牠在這一帶出沒，也許紅外線體溫偵測照相機會拍到牠。」夏雨說：「我先去拿底片回去沖洗。」

兩隊人馬在山徑上分開了，帕克里帶著大樹、勁風和阿莫到南邊森林布置陷阱；夏雨、瓦拉和戈德則沿著紅外線體溫偵測照相機擺放的路線去收取底片，這些照片將是他們唯一可以追蹤的線索。

優瑪和副頭目們被要求留在部落，如此搜救隊員才不用分心照顧他們，能全心全力的對抗大尾巴怪獸。

優瑪坐在雕刻室裡發呆，直到天全黑。少了胖酷伊和以前奶奶的家，空蕩蕩的，優瑪的心被寂寞塞滿了。她走到廚房，拿了一瓶小米酒，來到祖靈屋，將祭桌上的三個酒杯斟滿酒。

「偉大的祖先，你們暫時不要去找沙書優了，可不可以先幫我把以前奶奶和胖酷伊找回來？」

優瑪說完，用期待的眼神望著石板上的祖靈像。

祖靈像帶著憨厚的笑容望著優瑪，什麼話也沒說。

「我知道這些事很棘手，就因為這樣，才需要你們幫忙嘛！」

優瑪坐在祖靈像旁，望著黑漆漆的屋外。蛙鳴蟲叫合奏出一首夜晚的寂靜組曲，天上的星星和地上的優瑪是聽眾，星星邊聽邊眨著眼睛，優瑪卻愈聽愈覺得寂寞。

「你們應該也知道了吧，以前奶奶遺失了現在回到以前，說著以前的話，她甚至不認識我，以為我還是個吃奶的小娃娃，一下子長這麼大，嚇了她一大跳！」優瑪停頓了一下，說：「最近發生了好多事，我希望自己有能力解決這些事，就算是一點點、像樹豆那樣小的能力也好。」

優瑪換了一個姿勢，繼續說：「以前沙書優還在部落的時候，也有這麼多麻煩的事不斷發生嗎？也許有，只是我不知道而已，因為我從來不認為那些事和我有關係。但現在我終於明白了，所有的事都和我密不可分，因為我是卡嘟里部落的頭目。我一直那麼努力想做一個稱職的好頭目，但是，我總是做不好。如果沙書優真的已經……我說如果，沙書優真的發生什麼不幸，那他現在是不是也住在祖靈屋裡呢？」

優瑪用一雙淚眼環視祖靈屋，輕聲呼喚沙書優：「親愛的父親，如果你真的在這裡，如果你還愛我，請你一定要讓我知道。不管你用什麼方式，我會知道的。父親。」

「親愛的祖靈們，請你們一定要保佑以前奶奶和胖酷伊平安脫險。」優瑪抹掉眼淚走出祖靈屋，就著淡淡的月色，穿越庭院走進雕刻室。

雕刻室地板上，雕刻失敗的木梳散亂了一地，優瑪撿起其中一把拿到眼前仔細端詳，她答應以前奶奶要做一把一模一樣的木梳送她。優瑪拿起一塊小木頭，比其他任何時候更專注的雕刻起來。

那把木梳對以前奶奶到底有什麼意義？為什麼木梳斷裂會讓她躲回以

前？她想回到以前尋找什麼？一把新的木梳嗎？

優瑪之前做了十幾把木梳全都失敗，今天晚上卻彷彿有神助，順利完成一把和斷裂的那把一模一樣的梳子。

優瑪滿意的欣賞把玩了一會兒，放下雕刻刀，將剛完成的木梳放進口袋裡，心裡盤算著，去找烏娜婆婆吧，她和以前奶奶一樣年紀，也許她知道一些關於木梳的故事。

11

以前奶奶的浪漫愛情

優瑪起身拍掉身上的木屑，取下掛在牆上的弓箭。她向來對打獵缺乏興趣，今天以前，她以為自己永遠也不會使用它。那是一把漂亮的弓，是沙書優用竹子做成的。七歲那年，沙書優將這把弓送給優瑪，並教會她如何使用。

「森林裡有很多動物，我們在這片森林裡活動，要懂得保護自己。這把弓你得帶在身上，遇到危險的時候可以保護自己。」沙書優說。

「我才不要用箭殺死鹿、山羌或者黑熊。」優瑪不肯接下弓箭。

「遇到危險會反擊，是動物的本性，我們人類也是動物哇！你被攻擊的時候，動物有爪子和利齒，你有什麼？赤手空拳嗎？我們的力氣連大黑熊一根手指頭都比不上，你進入森林就帶著它，有危險的時候才用，又不是要你見到動物就射殺呀！」

沙書優將弓箭塞進優瑪的手裡。

那副弓箭就一直掛在雕刻室的牆上。

優瑪記得有一回，她在卡里溪上游尋找漂流木的時候，看見一頭大黑熊在不遠的地方喝水。優瑪嚇得立即上岸並且爬上一棵樹，躲在樹梢裡，心臟擊鼓般的跳動著。大黑熊在溪邊走來走去，甚至來到優瑪躲藏的樹下，直挺挺的站立，鼻子抽動了幾下後，忽然抬起頭，望著緊緊抱住樹幹的優瑪。

優瑪當時慌亂的心想：「如果弓箭在手就不會這麼害怕吧！但是什麼時候才是最好的射箭時機呢？大黑熊這樣看著我的時候可以嗎？牠並沒有展開攻擊的動作，不能因為牠這樣望著我就射箭吧！等牠爬上樹的時候才是最佳時機嗎？但是黑熊這麼龐大，小小的箭又怎麼奈何得了牠呢？可能就像被螞蟻叮咬一樣不痛不癢吧！」當時優瑪恐懼的腦袋裡塞滿了問號，直到大黑熊離開溪岸往上游森林走去。

停下遇見大黑熊的回憶，優瑪取下弓箭。為了對付大尾巴怪獸，也為了不讓自己被怪獸擄走而增加族人的麻煩，她必須帶著弓箭出門。

優瑪踩著淡淡的夜色走在部落小徑，鐵灰色的石板在月光下透著銀光，遠處傳來灰林鴞的叫聲，族人大多已經熄燈入睡，瓦歷家的燈卻還亮著。優瑪放輕腳步經過瓦歷家，聽見細微的聲音從屋裡傳出來。

「媽媽，我們會有辦法的。」瓦歷故意裝出輕鬆的語調說。

「沒有辦法了！以前聽老人家說過，一旦變成動物，就再也變不回人了。」艾娜絕望的說。

「優瑪會想到辦法的。」瓦歷說。

「阿通啊，現在責怪你許那麼壞的願望卻報應在自己身上都顯得多餘了。你就放寬心安安分分的做一隻冠羽畫眉吧！」艾娜對阿通畫眉說。

「你看，爸爸變成畫眉鳥，是森林裡最美麗的鳥，雖然胖了一點，但是胖得很可愛呀！是不是？」瓦歷試著安慰艾娜。

優瑪輕輕的嘆了口氣，離開瓦歷家。

昏暗的月光在優瑪身後拉出一條黑瘦的影子，讓她看起來更加孤獨。

優瑪走上卡里溪橋，溪水流動的聲音在寂靜的夜裡顯得清脆響亮，優瑪望著在月光下呈現銀灰色的溪流，月亮倒映在溪水上，彷彿一條印著月亮圖案的絲巾飄落在溪水上頭，輕柔的隨波飄蕩。

溪水淙淙的聲音讓優瑪浮亂的心暫時得到平靜。

來到烏娜家，烏娜坐在門前石階上看著天上稀疏的星星，看得出神，沒發現已經到了好一會兒的優瑪。

「烏娜婆婆。」優瑪叫了一聲。

烏娜尋聲望去，優瑪跨上階梯，在烏娜身旁坐下。

「今晚的星星很亮。」優瑪看著天上的星星隨口說著。

「伊嫚一定會沒事的，你不要擔心。」烏娜說。

伊嫚，這個幾乎不再有人記得的名字，是以前奶奶的本名，整個卡嘟里部落也只有烏娜還這麼叫她。

「你知道以前奶奶有一把珍愛的木梳嗎？」優瑪直接問道。

「伊嫚的木梳嗎？」烏娜的眼睛睜得又圓又大。

優瑪點點頭說：「嗯，我想聽聽那把木梳的故事。你知道嗎？」

「木梳和伊嫚的故事，呵呵，好久好久以前的事了。」烏娜臉上出現一種彷彿撿到一件遺失許久的東西的喜悅。烏娜望著優瑪，眼神迷濛起來。她彷彿又看見當年伊嫚和巴布在森林小徑漫步的甜蜜模樣。

烏娜皺起眉頭陷入長長的回憶裡……

那年，伊嫚十八歲，是部落裡最美麗的姑娘，留著一頭烏黑的長髮，那對明亮的大眼睛水汪汪的，有許多年輕小夥子追求她。二十歲的巴布也是追求者之一。巴布花了幾天的時間，做了一把別緻的木梳，藏在森林中某一棵樹的樹洞裡。巴布帶伊嫚到森林，告訴她某一個樹洞裡藏著一份驚喜，於是伊嫚就一個樹洞一個樹洞的找，巴布在一旁深情的陪著。終於伊嫚在一個樹洞裡找到了那把漂亮的木梳。她喜歡得不得了，愛上了雕刻手藝非凡的巴布。

他們常常在森林裡牽手散步，一起數著林間的樹洞，想像裡面還藏著某種驚喜。

就在他們準備結婚的前幾天，巴布上山打獵準備抓一隻大山豬，用來結婚宴客，沒想到卻跌下懸崖死了！伊嫚悲痛欲絕，這輩子就守著那把木梳，同時守著和巴布一起創造的回憶。

「這就是我所知道的伊嫚和木梳的故事。」烏娜說：「我們到這把年紀都很難忘記那段浪漫的愛情，更別說伊嫚這個當事人了。」

好淒涼的愛情！

「很長很長一段時間，伊嫚不再提起巴布，族人都以為伊嫚和大家一樣忘了他，誰知道她只是將記憶鎖進心裡。」

原來折斷的並不只是木梳，還有以前奶奶的回憶！

優瑪和烏娜再度將目光拋向天上閃爍的星星，兩人安靜無語的坐了好一會兒，優瑪才起身離開。

回程的路上，優瑪心裡想著，自己對以前奶奶的了解實在太少，也對於自己沉醉在雕刻的世界而忽略以前奶奶感到內疚。優瑪決定，只要以前奶奶平安回家，她會花更多時間陪她。

經過卡里溪橋的時候，一條黑影迅速竄進橋頭的草叢，鑽進橋下。

優瑪嚇了一大跳，心跳瞬間加速，她取下背上的弓箭，顫抖著將箭上弦。

「是誰？誰在橋底下？」優瑪邊用顫抖的聲音問，心裡邊想著：「這麼深的夜晚，誰會在外面遊蕩？」

橋下除了溪流聲沒有其他聲響。

「再不出來我要射箭了！」優瑪假裝威脅。

橋下依然靜悄悄的。

優瑪毫無目標的射出第一枝箭，射中倒映在溪水裡的月亮，發出清脆的撲通聲，緊接著從橋下傳出一聲細微的竊笑。

「誰？到底是誰在那裡？」優瑪又問了一次。

優瑪再射出一箭，這次射進溪邊的草叢，嚇得躲藏在草叢裡的小動物窸窸窣窣的匆促逃走。優瑪不知所措的站在橋上，接著突然在橋上來回回快速跑了起來，製造出很大的跑步聲，企圖讓橋下的人分辨不出她離開的方向，最後俐落的閃入路旁的草叢裡躲藏。優瑪撥開一條縫隙，一雙機靈的眼睛直盯著橋頭。

半個鐘頭之後，橋下傳出移動的聲音，橋頭的草叢被撥開，一個高大的身影鑽了出來，一陣左顧右盼後走上卡里溪橋。

夜色太濃，優瑪看不清這人的長相，但可以肯定的是，這人不是卡嘟里族人，族裡沒有這樣高大的人。

他潛入部落做什麼呢？

部落裡一隻狗吠叫起來，引來其他狗此起彼落的呼應著。

這人走過卡里溪橋，朝森林的方向走去。優瑪不曉得自己哪裡來的膽量，她鑽出草叢，小心翼翼沿著山徑邊緣跟蹤。

這樣做是極大的冒險，但是優瑪覺得保護部落是她的責任，她非得提防這個鬼鬼祟祟的人做出傷害部落的事。

優瑪小心謹慎的和闖入者保持五十公尺的距離，並且盡量走在陰影處，幾次撞上橫在前頭的樹枝，也強忍著痛不敢吭叫一聲。深夜的山林陰森恐怖，不時有受到驚嚇的小動物窸窸窣窣的在枯葉上逃竄。貓頭鷹的叫聲加深了黑夜的詭異氣氛，優瑪心裡雖然充滿恐懼，還是緊緊的跟在闖入者身後。

闖入者在森林裡足足穿梭了一個多鐘頭，他似乎在尋找什麼，不時的四處張望。

優瑪不禁懷疑，他迷路了嗎？他迷路不就也等於自己迷路嗎？在漆黑的森林裡行走是很危險的，除非是帕克里、大樹或瓦拉這樣優秀的獵人。

這個人為什麼必須在深夜進入卡嘟里森林呢？優瑪的問號剛剛浮現，就聽見一聲慘叫，闖入者在優瑪眼前失去了蹤影！

優瑪提高警覺，心臟猛烈的跳動起來。

發生什麼事了？

優瑪又往前走了幾步，卻突然一腳踩空，整個人摔進一個大坑洞裡。

坑洞裡一片漆黑，優瑪什麼也看不見，她嚇得朝四周泥壁摸，摸著摸著，卻碰觸到另一雙手。兩雙手同時抽回並立即往後退，結果兩人的背又撞在一塊兒，再同時驚慌的往後靠。優瑪手忙腳亂的取下背上的弓箭，一邊上弦一邊嚷著：「你不要輕舉妄動，我的箭正對著你。」

對方沒有出聲。

森林恢復寂靜。

當優瑪的眼睛終於適應了黑暗，她看清楚站在前面的不是什麼怪獸，而是那個闖入者。夜太黑，依然看不清楚這人的長相，優瑪舉著弓箭讓自己不至於太害怕。

「你是誰？為什麼闖進卡嘟里部落？」優瑪急促的問。

「你是個小孩？」闖入者的聲音充滿驚訝，是個男人。

「別以為我是小孩就好欺負，我提醒你，我手上的箭正對著你。」優瑪語帶威脅的說。

「你以為我害怕你手上那副小孩子的玩具嗎？」闖入者冷笑。

優瑪生氣了，這人居然嘲笑沙書優做的弓箭是小孩子的玩具？優瑪憤怒的鬆開手上的弦，箭從闖入者的左耳「咻！」一聲劃過。

「啊呀！」闖入者發出一聲慘叫：「哇！你玩真的呀！你的箭射到我的耳朵啦！」

優瑪立刻抽出第二枝箭上弦：「我已經警告過你了，沒有人可以取笑沙書優做的弓箭。」

闖入者立即舉起雙手討好的說：「我相信你的本事，你千萬不要再亂來，我什麼也不會做，我會乖巧得像一隻小綿羊。」

「最好是這樣。」優瑪說。

「孩子，我真佩服你，居然有膽量跟蹤我！你把箭射進溪裡的時候，我還以為你是個膽小鬼呢！哼哼。」闖入者又冷笑了兩聲。

「你到底是誰？半夜三更進入我們部落做什麼？」

「我只是經過罷了。」

「你去什麼地方必須經過卡嘟里部落和森林？」

「我只是在山區晃晃，不小心就走到這裡，這樣而已。你何必這麼緊張呢？」闖入者繼續說：「你一個小孩子不要管大人的事。現在你最好把弓箭放下來。」

「我才不是小孩子，我是卡嘟里部落的頭目。」

「什麼？你是這個部落的頭目？」

「是。」

「這個部落的頭目竟然是個小孩？」

「你不要看不起小孩，這個小孩的箭正對著你！」優瑪鎮定的說。她的手高舉了很久，覺得疲了，但是她努力的撐著，她知道如果這時候放下弓箭，形勢就會立即轉換，她會真的變成一個孩子。

「這個坑洞挖得很深，我們根本逃不出去，但是，如果我們合作，就可以順利上去。」闖入者說。

「明天我的族人就會上山，他們會找到我的。」優瑪說。

「明天？如果等會兒掉進一頭大黑熊，我們就看不到明天的太陽了。」闖入者說：「你知道的，森林裡危機四伏。」

優瑪遲疑了一下，不會真的掉進一頭大黑熊吧？但是如果大尾巴怪獸掉進洞裡，他們也一樣看不見明天的太陽。應該不會這麼巧吧？

坑洞裡的兩個人明顯露出疲態，不再說話。優瑪猶豫著要不要放下弓箭，因為此刻弓箭已經像鉛塊一樣沉重。

時間慢慢流逝，優瑪一度認為時間也疲累得打起瞌睡，耽誤了天亮。

敵不過疲憊，優瑪終於放下弓箭，累得坐在地上睡著了。

12 神祕紅衣人

樹梢篩落陽光，撒進坑洞裡，落在優瑪和闖入者身上，森林裡盡是鳥兒的啁啾聲、風吹動枝葉的聲音，以及什麼動物快速奔跑而過的腳步聲。

優瑪醒來，她睜開眼睛，發現自己雙手被反綁在背後，眼前站著一個身材高大、穿著黑衣服的男人。此刻，優瑪終於看清楚闖入者真正的面貌，一頭亂髮如鋼絲般硬邦邦，他下巴蓄著鬍子、雙眼布滿血絲，看起來彷彿已經流浪了許多天。

「你醒啦，小頭目。」闖入者把玩著優瑪的弓箭。

「你放開我！」優瑪大聲叫著；「等我的族人到來，你就完蛋了。」

「你的族人要來早就來了，一個小孩子失蹤一整夜，他們半夜就應該找來了，看來，他們一點也不擔心你被野獸吃掉。」闖入者冷冷的說。

優瑪踢起地上的泥土，希望碎石能打中闖入者的眼睛。

「別白費力氣了。」闖入者一味的把玩弓箭，根本不理會優瑪：「這把弓真是漂亮，做得真精緻。」闖入者愛不釋手。

「快把弓箭還給我！」優瑪掙扎著，繼續踢地上的泥土。

「這把弓箭射傷了我一隻耳朵，現在，我要你賠我一隻耳朵。」闖入者舉起弓箭瞄準優瑪的右耳。

優瑪被反綁在背後的手，抓了一把壁上的泥土，一個轉身就朝闖入者的臉上扔過去，闖入者唉叫一聲，揉著眼睛，痛苦的蹲下身去。優瑪抓住機會，抬起右腳朝闖入者的肩膀踹過去，卻踹了個空。闖入者摀著受到泥沙侵入的眼睛站起身，紅眼睛半睜開，動作迅速的抓住優瑪將她推向泥壁，他瞪著優瑪，高高舉起拳頭，卻久久沒有揮擊。

優瑪怒瞪著闖入者，無所畏懼的神情讓闖入者放下拳頭。

「我不能揍一個孩子。」闖入者揉著眼睛：「我嚇唬你而已，不會真的用箭射你。」

「你把弓箭還給我。」優瑪大聲的說：「那是我父親送給我的。」

「你父親怎麼會讓孩子半夜不睡覺跑到森林裡來？」闖入者摸著下巴的鬍子看著優瑪自言自語：「為什麼卡嘟里部落會讓一個小女孩當頭目呢？」

優瑪沒有回答，試圖解開綁在手上的繩子。

闖入者思考了一會兒後，恍然大悟的說：「我知道了，你們卡嘟里部落的頭目傳承是父親傳給子女，對不對？」闖入者看著優瑪，語調轉為同情：「你那麼小就繼承頭目，難道你的父親已經……」

優瑪憤怒的打斷他的話：「你別胡說八道，我父親只是去了很遠的地方旅行。」

闖入者點點頭，不再多說什麼，他心裡明白，很多人不願意承認自己親人死亡的事實，會說親人去很遠的地方旅行。

砰！

一聲槍響從不遠處傳來，森林裡的鳥兒驚慌的飛離樹梢。

闖入者慌張的仰起頭，朝四周張望觀察著。

「我的族人來了。」優瑪說，但是她心裡卻不太確定，因為部落裡沒有人會用槍聲警告敵人，這麼做等於是洩漏自己的行蹤，讓敵人有機會逃走或者準備反擊。

闖入者說：「這應該不是你的人馬，而是我的人馬來了。」

由於雙手被捆綁，優瑪試著挪動屁股，坐在地上太久讓她的雙腳和臀部發麻。她利用背部抵牆的力量讓自己站起身子。

一陣追逐的聲音，由遠而近。

追逐聲愈近，地面震動的頻率就愈大，彷彿有幾十隻黑熊往他們的方向靠近。優瑪仰著頭提防有什麼東西掉下來，闖入者則朝上舉起優瑪的弓箭防備著。

接著，一隻體型比黑熊大兩倍的白色物體飛越了陷阱坑洞，牠蓬鬆的大尾巴垂下來，拂過優瑪和闖入者的臉龐。闖入者腰間繫著的一個四方形黑盒子，在白色怪物飛越過的剎那，發出緊促的嗶嗶聲。闖入者慌張的丟開弓箭，手忙腳亂的抽出黑盒子，因為太過緊張，黑盒子掉在地上，他彎腰撿起的時候，嗶嗶聲已經停止。

「該死的傢伙！」闖入者無助的大叫一聲，跳躍著試圖勾住坑洞邊緣，只要攀到邊緣就有機會逃出去。但這個洞是為了捕捉大尾巴怪獸而挖的，又深又寬，沒有外力的幫助根本逃不出去。

優瑪狐疑的望著這名闖入者，從他剛剛望著大尾巴怪獸的眼神看來，他和這隻怪獸一定有關係。

一陣混亂又急促的腳步聲從遠方逐漸接近。

優瑪和闖入者再度戒備起來。優瑪背部貼著牆，防備著即將到來的狀況。其中一個追逐者奔跑時衝過頭摔進洞穴裡，立即被闖入者制伏。闖入者反扣他的雙手，然後用利箭抵住他的喉嚨，對其餘站在洞穴邊緣向下望的十幾個紅色制服男人說：「你們最好不要輕舉妄動，這支箭雖然是竹子做的，但是尖銳得可以刺穿他的喉嚨。」闖入者用威脅的語氣說。

優瑪想起來了，這些紅衣人是夏雨照片中的那批人！

「你這個叛徒！你以為你逃得了嗎？」其中一個眉角有痣、看起來像頭子的紅衣人忿忿的說。

「你們就逃得了嗎？」闖入者冷笑著回應。

紅衣人望著優瑪，優瑪也望著他們。這些人是誰？

「這個女孩是誰？你為什麼綁架她？」一個紅衣人問。

「她只是一個倒楣的部落小鬼而已。你現在唯一能做的就是放一根繩子下來，救救你們的弟兄。」闖入者說。

「他也曾經是你的弟兄。」紅衣頭子說。

「不再是了，你們決定一意孤行的時候，就再也不是了。」

「你快點把追蹤遙控器交出來，為了這個偉大的計畫，我們不得不有所犧牲。小李會明白他的犧牲是一種貢獻。」

優瑪看著那個摔進洞穴裡名叫小李的人，他的臉頰抽搐了一下，出現痛苦的表情，明白洞穴上頭的紅衣人不願意救他。

原來剛剛那個嗶嗶作響的東西就是追蹤遙控器，它是做什麼用的呢？

優瑪從這些對話判斷，闖入者無疑是個壞蛋，他偷走或搶走遙控器，準備做出驚天動地的壞事。

趁著闖入者正專注與紅衣人對話，優瑪挪了兩步，抬腿用力踹了闖入者的右腳，闖入者失去防備的屈膝跪下，形勢立即扭轉，坑洞裡的紅衣人小李立即將闖入者的右手扳到背後壓制住他。

拉扯的過程中，優瑪發現闖入者的黑外套裡面，也穿著和這些人同一款式的紅色制服，他們原來是一夥的！看來是為了某一件事而彼此反目。

「你會後悔的，小頭目，你不知道你在做什麼。你真的會後悔。」闖入者歪著頭憤恨的望著優瑪。

小李將闖入者捆綁妥當，從他的口袋裡摸出遙控器。

「引爆器和電腦啟動鑰匙在哪裡？」

「掉了。」

「你居然弄丟這麼重要的東西？」上頭一個脾氣暴躁的紅衣人氣得跳腳。

紅衣頭子急得一張臉漲得通紅：「你難道不知道這件事的嚴重性嗎？再不收服它，整座森林，包括卡嘟里部落都會完蛋。」

「發生什麼事？卡嘟里森林和部落為什麼就快完蛋了？」優瑪也緊張起來：「你們快告訴我呀！到底發生了什麼事？」

「那個大傢伙是個恐怖的東西，誰撿到引爆器就按下按鈕讓它毀滅了吧！」闖入者淡然的說。

「你以為事情這麼簡單嗎？你以為爆炸就沒事了嗎？這牽涉到合約，還有巨額賠償，連最重要的國家形象都要賠進去，你不懂嗎？白癡！」紅衣頭子激動的說。

「你們誰告訴我到底發生了什麼事？」優瑪焦急的再問一次。

沒有人理會優瑪，這群紅衣人七手八腳將大塊頭闖入者拉上去。

「你這樣讓它失去控制，它帶來的災難是你想像不到的。」一個紅衣人用同情的目光欲言又止的看著優瑪：「整個卡嘟里森林和部落……可能會……」

「經過改造之後，在不久的將來它帶來的災難，將會是全人類的災難，這點你們想過沒有？趁現在還有機會補救，拜託你們……」闖入者懇求著。

「你想要毀掉我們十年的心血？不可能，我不會讓你這樣做的。」紅衣頭子口吻強硬的說。「走吧！先把他帶回去。」

洞穴裡只剩下紅衣人小李和優瑪。小李幫優瑪解開身上的繩索。

「我可以替你鬆綁，但是很抱歉，你已經知道一些事，我不能放你走。」

「你有沒有搞錯？我剛剛救了你一命。」優瑪叫了起來。

「你把她留在洞穴裡她會沒命的。」闖入者大吼。

「你快點告訴我卡嘟里森林和部落為什麼就快完蛋了？」優瑪繼續吼叫。

紅衣人撿起地上的弓箭遞給優瑪：「如果有山豬還是其他動物跌進洞裡，你可以用弓箭自保，直到你的族人找到你。」

其他紅衣人將洞穴裡的小李拉了上去。

優瑪迅速的將箭上弦，拉滿弓，箭頭抵住正往上爬的紅衣人背脊。

「你們得跟我說清楚，你們對卡嘟里森林和部落做了什麼？」優瑪強作鎮定的說。

「你們最好相信她，我的耳朵是最好的證明。」闖入者說，他的耳朵被箭射傷，左肩膀染了一大片血跡。

往上爬了一半的小李緩緩的爬回坑洞，他舉起雙手，「好，你不要衝動，我告訴你。」小李對上頭的隊友不著痕跡的使了一個眼色。

「你們到底是誰？到卡嘟里森林做什麼？」優瑪問。

「我們是國家特種科技部隊……」小李小心翼翼的說。

國家特種科技部隊？那是什麼東西？優瑪疑惑的眨了兩下眼睛，紅衣人立即逮住機會，衝上前將優瑪手上的弓箭往上推，優瑪慌亂之中鬆了手，箭朝上空射去，整個人因為突來的推撞失去重心摔倒在地。

優瑪爬起身，拍著身上的塵土：「你們逃不出去的。」

紅衣人小李已經拉著隊友垂下的繩索出了坑洞，他臨走前將弓箭扔給優瑪，用充滿讚賞的語氣說：「卡嘟里部落的孩子都和你一樣勇敢嗎？」

紅衣人挾著闖入者離開了，只聽到闖入者的聲音遠遠傳來：「小頭目，你最好帶著你的族人暫時遷離卡嘟里森林，否則後果不堪設想！」

那群人走後，優瑪胸口翻騰著強烈的不安。她思索著他們說過的話，闖入者最後說的那句話是什麼意思呢？

有一件事是毫無疑問的，這些人與那隻大尾巴怪獸有關，大尾巴怪獸鐵定是隻可怕的動物，一定得趕快救出胖酷伊和以前奶奶。但是，自己被困在這裡什麼事也做不了。帕克里和副頭目們是否已經發現她不見了呢？

「有沒有人？我在這裡呀！」優瑪放開喉嚨大聲吼著。

森林裡只有啁啾的鳥鳴，以及風拍打樹葉的沙沙聲，再也沒有其他聲音。

「有沒有人哪？我在這裡呀！」優瑪又吼了一次。

一陣細碎的腳步聲來到坑洞口，兩隻猴子好奇的望著優瑪。

優瑪仰頭望著牠們，玩笑似的說：「去拉根藤蔓過來救我上去。」

兩隻猴子對看一眼後，一邊齜牙咧嘴的吱吱叫，一邊將樹葉踢下坑洞，優瑪揮動雙手慌亂的拍開掉落的樹葉。

「我不要樹葉！」優瑪比手畫腳的說：「我要長長的藤蔓，聽懂沒有？」

兩隻猴子繼續撒野，踢下更多的樹葉和小石子。

優瑪一邊閃躲一邊罵：「笨猴子，藤蔓都聽不懂，真是笨猴子！」

突然，一根細長的藤蔓隨著一片大樹葉掃下來，敲中優瑪的頭。

「哎喲！」優瑪痛得大叫起來。猴子見狀，開心的拍起手。

灰頭土臉的優瑪，氣急敗壞的吼著：「笨猴子，等我上去，看我怎麼收拾你們……」優瑪看見藤蔓了，她試著拉了兩下，感覺穩當，她朝坑洞上的猴子笑了笑：「哈，謝啦！這就是我需要的。」

兩隻猴子對看了一眼，再看看優瑪，覺得不好玩了，又踢下一些樹葉後就離開了。

優瑪攀著藤蔓離開坑洞，兩隻猴子已經不見蹤影。

優瑪猶豫了一下，到底是要先回部落通知帕克里和副頭目們，還是往紅衣人離開的方向追蹤過去？他們才離開沒多久，也許還追得上。優瑪將斷箭丟回坑洞裡，果斷的往紅衣人離開的方向走追去。

紅衣人在森林裡留下明顯的路跡，優瑪每走一段路就在樹上畫一枝箭，以防自己在回程的時候迷路。

優瑪跟著紅衣人留下的凌亂路徑走了三個多小時，就在她已經筋疲力竭再也走不動的時候，她察覺前方的密林裡隱約有紅色的物體在晃動。優瑪機靈的鑽進雜草叢裡睜大眼睛瞧著，但是距離太遠，什麼也看不清聽不見。優瑪悄悄在草叢中挪動腳步，在距離紅衣人活動範圍約三十公尺遠的地方停住。

優瑪看見他們將密林中間的樹木砍掉，搭起一張綠色的帆布，帆布下擺著幾張簡單的桌子，桌上有幾台機器，幾個紅衣人圍著那台機器討論。周邊有幾個紅衣人在巡邏。闖入者被綁在一棵樹上，神情疲憊的說著什麼，但是沒有人停下來聽他說話。

優瑪小心翼翼的移動身體，想看清楚那些機器到底是什麼玩意兒。她注意力全集中在外圍巡邏的紅衣人身上，忽略了腳下的阻礙，右腳絆到凸起的樹根，整個人往前撲倒，弄出極大的聲響。優瑪趴在地上還沒回過神來，便聽見急促的腳步聲，她緊張起來，卻怎麼也爬不起身，忽然兩隻手把優瑪整個人抓了起來，緊接著俐落的往後退，再鑽進更隱密的灌木叢裡。

灌木叢裡一片幽暗，裡頭躲著幾個人，優瑪看清楚後，驚訝的差點叫出聲來！她的嘴立即被一隻手掌蓋住。

噓！噓！

兩個紅衣人走過優瑪剛剛摔倒的位置，四下張望，沒發現異樣。

「可能是山豬吧！」其中一個紅衣人說。

「是啊！猴子也挺多的。」另一個紅衣人附和。

紅衣人離開後，優瑪望著躲藏在灌木叢裡的吉奧、瓦歷、多米和夏雨，驚訝的小聲問道：「你們怎麼會來到這裡？」

「我們一早到你家找不到你，猜想你可能去找以前奶奶和胖酷伊，我們就上山找你，在一個坑洞裡發現你的斷箭，於是一路跟著你畫的箭來到這裡。」吉奧也小聲說。

「優瑪頭目，你這樣單槍匹馬跟蹤這群人是很危險的。」夏雨擔憂的語調裡透露出一點點的責備。

「我知道。但是，我不能再錯過這些人。」優瑪說：「至少，我知道那隻大尾巴怪獸和這群人有關係。」

「我們上山的時候，撞見大尾巴怪獸了。」多米說。

優瑪的眼睛睜得圓亮！

「那以前奶奶和胖酷伊呢？」優瑪急切的問。

「不在怪獸的手上。我們猜想可能被藏起來了。」吉奧說。

優瑪腦袋一片混亂，她什麼也不敢多想。

「我朝牠射了一支痲醉針，但是針不僅刺不進去還折斷了。」夏雨說：「優瑪頭目，這傢伙不是一般的動物，牠如果不是毛皮厚如鋼鐵，就是隻機械獸。」

「機械獸？」優瑪不解的問。

「我這樣推測是有根據的。」夏雨從口袋裡拿出一張照片，是那張他們第一次發現大尾巴的照片。夏雨指著照片左下角一棵樹上的小松鼠說：「你們看，大尾巴旁邊的樹上有一隻松鼠，紅外線體溫偵測照相機鎖定的目標是這隻松鼠，而不是這條大尾巴。這張照片也是，大尾巴怪獸因為抓著松鼠而被拍下照片。這就說明了為什麼牠在森林裡到處活動，卻只被拍下這兩張照片，因為牠沒有體溫。」夏雨說。

大家恍然大悟，當時所有人的目光都被大尾巴吸引住了，才沒看見那隻小松鼠。

「是啊，牠在森林裡四處跑來跑去，不可能拍不到牠的照片。」多米說。

「這只是我的推測而已。」夏雨不確定的說。

「我倒覺得很有可能。」優瑪把她在坑洞裡的遭遇說了一遍。

「那個人拿著叫遙控器的東西對著已經跑遠的大尾巴怪獸猛按，」優瑪強調：「但是好像沒什麼用。」

「這樣看來，大尾巴怪獸極有可能是機械獸，遙控器是控制牠行為的東西。」夏雨說：「遙控器和機械獸必須在特定距離內才能產生作用。但奇怪的是，控制整隻機械獸的應該是電腦，而不是單靠一個遙控器。」

優瑪說：「那個人說他把引爆器和電腦啟動鑰匙給弄丟了。」

引爆器？瓦歷想起他在楓樹林枯葉堆裡撿到的小黑盒子，他將手伸進口袋裡，拿出那個長方形的黑色東西。

「這個是不是引爆器？」瓦歷說：「我在楓樹林撿到的。」

夏雨接過小黑盒子看了一下，很篤定的說：「沒錯，這是引爆器，這裡有個鑰匙孔，得有鑰匙才能引爆。這個鑰匙很可能也是電腦啟動鑰匙，所以他們才會那麼緊張。」

「他們發明這麼大的機械獸做什麼呢？」瓦歷問。

「他們為什麼要把這麼危險的東西帶到卡嘟里部落？」多米也疑惑。

「或許他們在測試這隻機械獸的性能。」夏雨說。

「對了，那個闖入者被帶走之前，叫我帶著族人遷離卡嘟里森林，否則後果不堪設想。」優瑪說。

夏雨說：「小頭目，我不是要嚇你，部落和森林也許正面臨非常可怕的危險。」

「什麼意思？什麼危險？」多米擔憂的說。

「一隻機械獸有這麼大的殺傷力嗎？」優瑪擔憂的問。

「那些紅衣人看起來像是國家的特種科技部隊，他們研發出這隻機械獸一定有特殊用途，如果是軍備用品，那殺傷力可就大了。」夏雨摸著下巴憂處的說。

「現在該怎麼辦？」瓦歷右手把玩著口袋裡的種子問。他又想起父親變成的阿通畫眉，想著自己應該留在家裡陪著父親的，但是，他又想到森林裡也許有可以破解的方法。希望祖靈保佑，讓這件事只是一個調皮的惡作劇。

「我們留在這裡繼續監視他們，這樣才能找到大尾巴怪獸，也才能救回胖酷伊和以前奶奶。」優瑪說。

「我數過了，他們一共有十二個人。我們如果把大樹、瓦拉、阿莫和其他年輕力壯的族人找來，就有足夠的力量制伏他們。」吉奧說。

「他們可能有武器，不要貿然行動。」夏雨說。

「嗯，我們先觀察這些紅衣人，看他們到底在搞什麼鬼，再做決定。」優瑪說。

等待的時間總是過得特別慢。紅衣人經過很長的時間都沒什麼動靜，讓躲藏在灌木叢裡的人等得既心慌又焦急。

「夏先生，猴子聽懂人話嗎？」優瑪想起那兩隻猴子。

「如果經過訓練，可以聽懂一些簡單的指令，但是野生的猴子應該聽不懂。」夏雨說。

優瑪把她要求猴子送來藤蔓的事說了一遍。

「不過，猴子是很聰明的動物，牠們可以從你的表情和動作猜測你的行為。」夏雨說。

「從那兩隻猴子的表情看來，牠們好像真的聽得懂我說的話。」優瑪說。

「嘿，他們有動作了。」吉奧壓低聲音提醒大家。

七、八個紅衣人穿戴整齊，身上披掛著繩索和吊環，看起來準備出發。

「我們得跟上！」夏雨緊張的說：「看來他們找到大尾巴怪獸了。」

13 危險獨木橋

人在行走，霧也在移動。霧穿越樹林，忽然急行又忽然滯留，忽然濃又忽然淡，彷彿有意捉弄闖入霧林的過客。

紅衣人押著闖入者往森林深處走去，優瑪一行人小心翼翼的尾隨在後。天空灰沉沉的，霧一會兒聚攏一會兒飄散，讓優瑪一行人追蹤得很狼狽。

兩個小時後，紅衣人來到一個三公尺寬的裂口形成的懸崖。霧散的時候，他們隱約看見對岸懸崖壁上有一個很深的凹洞，大尾巴怪獸抱著胖酷伊坐在洞口，看著對岸的紅衣人。

「大尾巴怪獸好像在峭壁上的一個洞穴裡，手上還抱著胖酷伊。」瓦歷賍

著眼專注的看著。

「以前奶奶呢？有沒有見到她？」優瑪用略微顫抖的聲音問。

「看不清楚，霧來了。」多米說。

「也許大尾巴怪獸把以前奶奶藏在更裡面的洞穴裡。」吉奧說。

其中一個紅衣人取出遙控器，大尾巴怪獸在他按下按鍵的前兩秒，抱起胖酷伊，半蹲後彈起，在大家驚訝的目光中俐落的跳出凹洞，並且在紅衣人腳跟前蹬了一下腳，再敏捷的彈跳回對岸，然後消失無蹤。

「該死的傢伙！」紅衣人罵了幾聲，立即朝對岸射出鋼釘繩索，然後一個個盪到對面去。

「我們沒有鋼釘繩索怎麼追呀？」多米慌張的說。

「我們得繞過這個裂口。」夏雨說。「大家走吧！動作快。」

優瑪站在原地，看著幽暗的洞穴說：「我們是不是應該先進入洞穴看看以前奶奶在不在裡面？」

「優瑪頭目，我們已經知道這個洞穴的位置，回頭再來找，萬一我們追丟了紅衣人和大尾巴怪獸，就更難解開怪獸之謎了。」夏雨說。

已經知道以前奶奶可能就在洞穴裡，卻不進去把她救出來嗎？怎麼可以這樣輕忽以前奶奶的安危呢？機械獸再怎麼重要也比不上以前奶奶呀！

所有人轉身望著優瑪，腦子裡全都掙扎著，紅衣人掌握了大尾巴怪獸的動向，如果跟丟了就找不出怪獸的祕密，也就不知如何化解對森林及部落造成的危機；但是，以前奶奶也許就在洞穴裡，她也許受傷了，也許受到很大的驚嚇需要急救，沒有把握時機，就有可能失去以前奶奶！但是，失控的大尾巴怪獸卻可能對部落及族人造成更大的傷害！

該怎麼辦？

「我們分成兩隊人馬好了，吉奧和多米陪優瑪到洞穴裡尋找以前奶奶，我和瓦歷繼續跟蹤紅衣人。」夏雨冷靜的說。

大家都同意這是最好的方式。

吉奧指著倒在身後草叢裡的一根樹幹說：「現在最快的方式就是用那根樹幹當橋架到對岸去，否則等我們繞過這個裂口，紅衣人已經不知去向了。」

夏雨點點頭：「可以一試。」

夏雨、吉奧和瓦歷合力將粗重的樹幹抬到懸崖邊，豎直後放倒到對岸，發出一聲巨響。

吉奧用腳試了試樹橋的穩定度：「沒問題，很穩。」

優瑪後退了幾步，開始顫抖起來。

「優瑪，別怕，你用爬的。」多米說。

「是啊，優瑪，別擔心，我陪你一起爬過去。」吉奧走到優瑪面前表情認真的說。

「我先過去，測試一下這根獨木橋。」夏雨說。

夏雨取下斜掛在身上的麻繩，在樹幹上打了一個結實的大圓圈，另一邊則綁在自己的腰上，他邊走邊移動套在樹幹的麻繩，很快便到達對岸。

夏雨撿了一塊石頭，將麻繩綁在石頭上扔回對岸：「你們照我的方式做，沒問題的。」

吉奧將麻繩遞給優瑪：「優瑪，你先來。」

優瑪仍顫抖著，彷彿在下大雪的日子裡，她只穿了一件單薄的衣裳。

「優瑪，你想想以前奶奶，她正在洞穴裡等你去救她；想想胖酷伊，如果我們追丟了紅衣人，就救不回胖酷伊了。」多米焦急的說。

是啊！以前奶奶正等著他們去救呢，胖酷伊還被大尾巴怪獸挾持著，如果她被恐懼困在這裡，阻礙了追蹤，就等於把以前奶奶和胖酷伊推向更危險的處境。想到這裡，優瑪頓時充滿勇氣，開始將麻繩綁在腰上，她得趕快走過獨木橋才行。

「優瑪頭目，你往前看，千萬不要往下看。」夏雨在對岸喊著。

優瑪深呼吸，一步一步的走著，心裡只想著以前奶奶和胖酷伊，熱切想營救他們的心驅動著她，沒多久就走到了對岸。

多米、吉奧也平安抵達對岸。

瓦歷呼出一口氣後心事重重的踩上獨木橋，他不怕腳底下有如千年檜木般高的深谷，卻害怕父親阿通永遠變成一隻冠羽畫眉，他不僅從此沒有了父親，還會一輩子成為部落的笑柄，優瑪的頭目日記也會記上一頁，然後流傳幾千幾百年。想到這裡，瓦歷突然覺得胸口一陣悶痛，跨出去的右腳踩偏了，他一個踉蹌，在大家驚恐的目光中摔下獨木橋！

「瓦歷！」所有的人叫了出來。

瓦歷腰上的繩子牢牢的將他吊在半空中，他口袋裡各式各樣的種子掉出來，劈里啪啦的摔進裂口底部，發出細微的碎裂聲。瓦歷緊張的摸了一下褲子口袋，發現引爆器還在，鬆了一口氣。

「瓦歷你不要動，保持鎮定，我立刻過來。別擔心，我們會救你上來的。」夏雨小心翼翼的走上獨木橋，吉奧也立即跟了上去。

濃霧又漫了過來，淹沒了吊在半空中的瓦歷，也吞噬夏雨和吉奧兩人腳下的獨木橋，他們只好跨坐在樹幹上，挪動著屁股往前。

「天神山神哪！請保佑瓦歷平安無事，請保佑瓦歷平安無事。」多米緊閉眼睛喃喃祈禱。

夏雨和吉奧坐在麻繩的兩邊。

「瓦歷，我們要拉你上來了。你要撐住！」吉奧將兩手圈成喇叭狀對著底下喊。瓦歷叫了一聲當作回應。

瓦歷感覺到身體緩緩的上升，冷颼颼的霧不斷在身邊翻騰湧動，一會兒聚攏一會兒又飄散。瓦歷無意識的往右側山壁瞄了一眼，卻看見大尾巴怪獸抱著胖酷伊坐在洞穴口，黑色的眼珠直愣愣的望著瓦歷，瓦歷嚇得差點停止呼吸！濃霧很快又蓋了下來，隱隱約約中，瓦歷看見胖酷伊在對他揮手。為什麼大尾巴怪獸又回來了？那些紅衣人是否也追蹤怪獸回到這裡來了呢？

瓦歷聽到吉奧的聲音：「瓦歷，你雖然看起來像根瘦竹竿，其實你比卡嘟里森林最胖的山豬還要重！」

瓦歷被拉了上去。他雙手攀住樹幹，在夏雨的幫助下爬上樹幹。

瓦歷壓低聲音說：「剛才我看見大尾巴怪獸坐在山壁上的洞穴口。」

「它怎麼又回來了？你沒有看錯嗎？」夏雨驚訝的問。

「霧這麼濃，你會不會把霧的形狀當成怪獸了？」吉奧說。

「我真的沒有看錯，我還看見胖酷伊跟我揮手。」瓦歷肯定的說。

夏雨的臉色變了：「那麼，紅衣部隊應該也回到這裡來了。」

「趁著濃霧，我們趕緊進入森林找個地方躲起來。」吉奧小聲的說。

「嗯，我們慢慢的移動。」夏雨說。

三個人緩緩的用手撐起身體，移動屁股往岸邊靠近。

就在濃霧散去的那幾秒鐘，夏雨、吉奧和瓦歷三個人的動作完全停下來，愣愣的望著站在岸邊也望著他們的紅衣部隊。優瑪和多米已經遭到捆綁，紅衣人雙臂在胸前交叉，嘴角帶著戲謔的微笑看著夏雨三人。

「你們是誰？在跟蹤我們嗎？」紅衣頭子往前走了幾步。

「我們是卡嘟里部落的人，這片森林是卡嘟里部落的自治區，我們在自己的家園活動是很平常的事，反倒是你們，擅自闖入森林到底為了什麼？」吉奧說。

紅衣頭子指著夏雨問：「這個人的長相和膚色不像卡嘟里族人，他是做什麼的？為什麼會在這裡？」

「他是我們卡嘟里族人。」優瑪在紅衣人背後大聲的說：「他是動物學博士，在卡嘟里部落已經住了很多年，早就成為我們部落大家庭的一分子。」

聽到優瑪這麼說，夏雨感動得眼眶都紅了：「優瑪頭目……」

紅衣頭子上上下下打量著夏雨的穿著和裝備：「動物學博士？還真有點兒像。」

「什麼有點兒像？他本來就是。」吉奧強調。

紅衣頭子對夏雨說：「我暫時相信你沒有別的身分。接下來，你最好給我安分點。」

霧來來去去，像一群調皮的小孩在玩捉迷藏。優瑪隱約看見夏雨、吉奧和瓦歷，但是很快又被濃霧遮住，比較清楚的倒是紅衣人的衣服，在霧中仍可窺見那些緩緩移動的紅色物體。

這下該怎麼脫身呢？優瑪真是傷透腦筋了。

紅色物體在伸手不見五指的霧中快速移動，不知發生了什麼事，紅衣人急促的交談著：「『全能一號』現在雖然暫時控制住了，但是，沒有電腦遙控，它兩個小時之後就會自動解開鎖碼，我們得盡快找出鑰匙。」

「但是這霧這麼濃……」

「這該死的霧。」

「我們真的闖下大禍了，這下不知道該怎麼收拾！」

「都是大山惹的禍，所有的事都要算在他的頭上。我找他收拾去。」

一個紅色物體移動，接著聽到幾記拳頭打在人身上的聲音，以及闖入者痛苦的哀鳴。

「你們打死我我也沒有鑰匙。」闖入者的聲音充滿痛苦。

14 卑鄙的祕密計畫

優瑪綜合得到的所有訊息，做出一個結論：他們把大尾巴機械獸帶到森林裡進行某種訓練，但是控制機械獸的電腦啟動鑰匙被闖入者拿走了，闖入者為了想要擁有這隻機械獸，無論如何都不肯把鑰匙交出來，才掀起了機械獸爭奪戰，也因此讓機械獸有機會逃出來，在森林裡撒野。

看來闖入者一定把鑰匙藏在某處，要救出以前奶奶和胖酷伊，得先制服大尾巴怪獸，制伏怪獸的關鍵就在鑰匙。第一次發現闖入者的地方在卡里溪橋下，優瑪睜大眼睛轉了轉，對了，就是卡里溪橋下。

「啊，我知道了，我知道了！」優瑪叫了起來。

「你知道什麼呀！叫這麼大聲，嚇死我了。」多米說。

紅衣頭子走到優瑪面前：「你知道什麼？」

「我知道鑰匙在哪裡。」優瑪說。

「你怎麼會知道？」紅衣人用懷疑的目光看著優瑪。

「我就是看見那個傢伙進入部落才一路跟蹤他過來的。我猜他應該是把鑰匙藏在那兒，那裡夠隱密了。」優瑪說。

幾個紅衣人走近優瑪。

「那你快說，他把鑰匙藏在哪裡？」暴躁的紅衣人催促著。

「我想談個條件。」優瑪鎮定的說。

「你這個小毛頭居然敢和我們談條件？」暴躁的紅衣人語氣粗暴的吼著，立即被紅衣頭子制止。

「事情很緊急。什麼條件你說說看？」紅衣頭子說。

「我知道大尾巴怪獸已經暫時被你們控制住了，我想請你們先從怪獸的手中救出一個老人家和一個木頭人。」優瑪說。

「你們已經見過『全能一號』了？」

「是，它闖進我們部落捉走我們的人。」

「你們叫它大尾巴怪獸？」

「對，就是那隻比熊還高大、有白色尾巴的怪獸。」優瑪說。

「你先告訴我鑰匙藏在哪裡，我們再進入洞穴救人。」

「我怎麼能相信你呢？」優瑪說。

「那我們又怎麼能相信你？」紅衣頭子說。

「優瑪是卡嘟里部落的頭目，她說話算話。」多米說。

紅衣頭子臉上不耐煩又帶著輕蔑的表情不見了。他回想這個孩子勇敢的行為，以及不怕危險追根究底、關心部落的態度，年紀輕輕卻表現得如此不平凡，原來她是部落的頭目。

「好，我相信你。而且，請你相信我們不是什麼暴徒，我們在執行某一項任務。」紅衣頭子點點頭，轉身對紅衣部隊說：「一〇一三、一一〇七、一三五五、二二五三，你們幾個下降到洞穴，將老太太和木頭人帶上來。六三二五，你負責拿遙控器盯緊『全能一號』。動作快，我們沒多少時間了。」

被點到名的紅衣人立即整理裝備，小心翼翼的在霧裡摸索下降。

「你們這些笨蛋，就要自食惡果了。笨蛋，你們都是笨蛋。」闖入者發瘋似的鬼吼鬼叫起來。

濃霧彷彿不願意捲入這場即將開打的戰爭般，加快腳步暫時撤離森林，眼前的一切變得清朗。

優瑪看見夏雨、吉奧和瓦歷跪坐在地上，被三個紅衣人看守著，他們相互交換了關心的眼神。

紅衣頭子解開了優瑪和多米身上的繩索。

「失敬了，小頭目。」紅衣頭子微笑著說。

「你們製造這麼危險的機械獸到底是為了什麼？」優瑪逮住機會就問。

「很抱歉，這是一項祕密計畫，我不能告訴你。」紅衣頭子拒絕回答。

「這項祕密計畫可能傷害卡嘟里森林和部落，你不能再對這個祕密保持緘默。」優瑪斬釘截鐵的說：「我必須保護我的族人，所以，我一定要知道所有的事。」

「我很遺憾造成今天這樣的局面。」紅衣頭子說。

「什麼？你很遺憾？如果以前奶奶和胖酷伊有什麼三長兩短，你的遺憾能彌補嗎？」吉奧很生氣。

「我已經努力將傷害降到最低。」紅衣頭子說。

「你別聽他鬼扯，小頭目，我現在就告訴你『全能一號』真正的用途……」闖入者話講到一半，就挨了紅衣人幾記拳頭，要他閉嘴。

下降到崖壁洞穴的幾個紅衣人上來了。其中一個人抱著以前奶奶來到優瑪面前，看見動也不動的以前奶奶，優瑪的心瞬間彈到喉頭，幾乎要喘不過氣。她輕輕的碰觸以前奶奶，嘴裡不斷的呼喚：「姨婆，姨婆。」

多米用手指鼻探了探以前奶奶的鼻息，輕輕的呼出一口氣：「她還在呼吸，只是睡著了。」

紅衣人將以前奶奶放在一棵樹下，背斜靠在樹幹上，優瑪看著以前奶奶，再次確定她有規律的呼吸，才完全放下心來。

另外幾個紅衣人把大尾巴怪獸吊上來了。

大尾巴怪獸動也不動，眼神呆滯，被它夾在腋下的胖酷伊看起來就像個被丟棄的骯髒木偶。

「優瑪，救我！優瑪，快點救我呀！」胖酷伊動彈不得。

優瑪走上前，試著拉出胖酷伊，卻一點辦法也沒有。

「怎麼會這樣？胖酷伊。」優瑪握著胖酷伊的手，焦急的望著紅衣頭子。

紅衣頭子說：「你先告訴我們鑰匙在哪裡，我們啟動電腦，由電腦來控制就可以放下木頭人。現在霧很濃，我們很容易因為看不見全能一號而發生操作上的錯誤。」

優瑪望著胖酷伊，點點頭說：「鑰匙就藏在卡里溪橋下的某處。」優瑪指著闖入者說：「我看見他從橋下鬼鬼祟祟的鑽出來。」

紅衣頭子看了一眼手上的錶，皺起眉頭：「現在來不及下山拿到鑰匙再回到這裡。」

「胖酷伊，你可以射出長矛嗎？」優瑪問。

「如果讓這個大傢伙躺下來，我身體直立就沒問題。」胖酷伊說。

「好。」優瑪從口袋裡拿出一把小刀，折下一根樹枝，削成一枝長矛，快速的在長矛上刻下兩道閃電的圖案，接著抽出手帕，在手帕上寫了幾行字：

帕克里，請你立刻到卡里溪橋下尋找一把鑰匙，然後迅速送到大裂口斷崖來。情況緊急，速辦。優瑪。

優瑪將手帕綁在長矛上時，被紅衣頭子制止：「等一下。」紅衣頭子要來手帕，讀了上頭的留言，很不高興的說：「你想讓這個叫帕克里的人帶人上來是嗎？請你重寫，讓他覺得你們只是在玩一場遊戲。」

多米將身上的手帕遞給優瑪，優瑪只好重新寫過：

帕克里，森林裡有個登山客遺失了一把鑰匙在卡里溪橋下，急著要從另一個出口下山，請你去卡里溪橋下尋找那把鑰匙，派年輕人迅速送到大裂口斷崖來。優瑪。

紅衣頭子接過優瑪的手帕讀著，確定沒有問題，才交還給優瑪。

幾個紅衣人將怪獸放倒，讓胖酷伊直立起來，優瑪將綁著手帕的長矛交給他：「拜託你了，胖酷伊，一定要讓帕克里收到。」

「我哪一次失手了？」胖酷伊接過長矛，掃視附近環境一眼後，朝著天空將長矛射出去。

長矛畫出一道優美的弧線飛越森林上空。

彷彿放心不下這場熱鬧，霧又回來了。

森林裡能見度又變低，伸手不見五指。森林裡一片靜寂，濃霧中，誰也看不見誰，誰也無法從臉上表情猜測別人的心思，只能隱約見到移動的人影。等待中，每個人的腦子都在轉，思考著如何才能全身而退。

「我從來沒見過像卡嘟里部落這樣怪異的地方。」紅衣頭子說：「那個木頭人是怎麼回事？」

「他是胖酷伊。只要你真心相信，就可以擁有這樣的好兄弟。」優瑪說。

「真心相信？就這麼簡單嗎？」

「就這麼簡單。」優瑪肯定的說。

真心相信，紅衣頭子咀嚼著這四個字。真的這麼簡單嗎？你以為你真心相信，卻有一個縫隙，讓一點點的懷疑像流沙那樣流洩出去。紅衣頭子看著隊友自問：「我真心相信他們嗎？」然後他看見背叛者大山，大山是他最相信的人，結果他卻將看似完美的計畫摧毀殆盡！只有生活在這片美麗森林的孩子，才能擁有「真心相信」的幸福吧！

兩個鐘頭後，大樹的聲音在霧中響起：「優瑪頭目，優瑪頭目，我來了，你在哪裡？」

優瑪、夏雨和副頭目們振奮起來，大樹來了，聰明的帕克里派腳程最快的大樹送鑰匙來了。

「我在這兒呀！大樹，我在裂口的對岸，你拿到鑰匙了嗎？」優瑪問。

「拿到了。」大樹扯著嗓門回答。「哎呀呀！」大濃霧中傳來大樹慘叫的聲音。

「大樹，發生什麼事了？」優瑪喊著。

「哎呀！我剛剛摔了一跤，鑰匙不知道掉在哪裡，霧太大了。」大樹在對岸喊著。

「怎麼辦？你慢慢找啦！」優瑪說。

「霧太濃了，我根本找不到。」大樹說。

「一〇一三、二二五三、一四七八，你們三個過去幫忙找鑰匙。」紅衣頭子指揮著。

兩個紅衣人開始在身上披掛繩索裝備，往對岸發射鋼釘，像一隻隻俐落的猴子抓著藤蔓盪到對岸去。

「你們是誰？」是大樹的聲音。

「別管我們是誰，你在哪裡掉了鑰匙？」

「就是這裡。」大樹說。

對岸傳來一陣打鬥拉扯的聲音。

「優瑪，他們把我綁起來了。」大樹突然緊張的叫著。

「一〇一三，你們拿到鑰匙了嗎？」紅衣頭子大聲的問。

對岸傳出一聲猛烈的噴嚏聲，然後一〇一三帶著鼻音回答：「拿到了。」

「那好。你們先不要過來，我們要收隊，然後直接過去。」紅衣頭子說：「準備帶走『全能一號』。」

「等等，你們不能連胖酷伊一起帶走！你把胖酷伊放下來。」優瑪激動得叫了起來。

「如果要放下木頭人，我們得重新啟動『全能一號』，一旦啟動，它就可能再度脫逃，我們不能冒這個險。」紅衣頭子說。

「你承諾過的，請你遵守你的承諾。」吉奧說。

「很抱歉，事情緊急，我只能暫時做出那樣的承諾。」紅衣頭子說：「這樣吧！你跟我們回基地去，到時候我們會把木頭人還你。拿到鑰匙啟動電腦，用電腦操控就沒問題了。」

「小頭目，你不要相信他，一旦跟他們回到基地，你就再也出不來了，因為這個機械獸的研發是一個祕密，而你們已經知道太多祕密……」闖入者激動的說著，卻被其中一個紅衣人朝他的臉頰重擊一拳，打斷他的話。闖入者痛苦的低下頭。

「你不要聽他胡說，他是我們組織的叛徒。」其中一個紅衣人說：「總之，你想帶回木頭人，就得跟我們走。」

優瑪心裡一團亂，突然不曉得自己在坑洞裡的那一腳是否踹錯了？

「優瑪！」胖酷伊揮動四肢掙扎著。

「我們到底要不要跟過去呢？」多米在優瑪耳邊小聲的問。

「我們還是跟他們回基地。這樣才能救回胖酷伊。」優瑪說。

「嗯，也只好這樣了。」多米說。

「把他們都綁起來。」紅衣頭子下命令。

「你不能這樣對我們，我們只是跟著你們去接回胖酷伊，並不是囚犯。」夏雨抗議。

「我不能讓這件事又出什麼差錯，請你們暫時委屈一下，一切都沒問題之後，我自然會讓你們回家。」紅衣頭子說。

「我要留下來照顧以前奶奶。」優瑪說。

紅衣人指著多米說：「你，留下來。小頭目必須跟我們走。」

濃霧中傳來幾聲山羌的叫聲。瓦歷、吉奧和夏雨三個人的眼睛突然閃亮起來。

「這是什麼聲音？」一個紅衣人緊張的問。

「是山羌的叫聲。」夏雨說。

「山羌是什麼動物？」紅衣人的聲音裡帶著幾分恐懼。

「山羌的體型比一般的狗大一點，不同的是，山羌有三個頭，牠的牙齒很銳利。」夏雨說。

吉奧和瓦歷差一點就笑出聲來，只有他們知道，那陣山羌的叫聲是瓦拉裝出來的，三個頭的山羌也是夏雨瞎掰的。

紅衣人緊緊的握著手上的槍，不時慌張的四下張望。三個頭的動物，肯定會吃人！山羌的叫聲已經接近附近的樹林。

瓦歷從上衣口袋裡拿出引爆器，對著吉奧和夏雨使了一個眼色，瞄了一眼背後挾持他們的紅衣人，下巴朝森林方向點了點後，三個人快速的衝進森林濃霧中，分開躲藏在樹幹後頭，紅衣人立即追了上去，但是霧太濃，根本看不出這三個人躲藏在哪裡。

有一個人影悄悄的靠近瓦歷，並拍了一下瓦歷的肩膀。瓦歷嚇一跳，差點叫出聲來，瓦拉的手及時蓋住他的嘴巴。「噓！」瓦拉搖了搖手上的鑰匙，瓦歷會意的點點頭。

「怪獸的引爆器和鑰匙在我這裡，現在放開優瑪和多米，否則我就啟動引爆裝置，大家一起毀滅。」瓦歷提高音量說著。

「一〇二三、二二五三！」紅衣頭子大聲喊著：「你們在哪裡？回答。」

對岸一片靜悄悄，沒有人回應。紅衣頭子心裡明白，他們被卡嘟里族人制伏了。

紅衣人尋聲想找出瓦歷的位置，他們快要接近瓦歷的時候，吉奧在距離瓦歷不遠的地方說話了：「怎麼？不相信我們說的話嗎？引爆器在我手上。不信就試試看。」幾個紅衣人又往吉奧聲音的方向搜尋。夏雨也在另一個地方說話：「這隻怪獸對你們有意義，對卡嘟里部落而言卻像大裂口底部的美麗岩石，沒有任何用處。我們只想保護族人和這片森林，請你們放下胖酷伊，然後安靜的離開，回到你們的地方。」

「我說過，放下那個木頭人要冒很大的危險……」紅衣頭子說。

「就算危險也請你試一試。」夏雨說。

「何必為了一塊木頭，增加彼此的緊張……」

「他不只是一塊木頭，他是我們的兄弟。」優瑪憤怒的尖叫起來。

胖酷伊聽到這句話，感動的望著優瑪，嘴裡輕聲的叫著：「優瑪，優瑪……」

「事到如今，我必須讓你們了解這件事的嚴重性。聽完你再決定要不要啟動引爆器。」紅衣頭子冷靜的說：「『全能一號』身上藏有劇毒，一旦引爆，不要說部落，整個卡嘟里森林都會被散發的毒氣波及，到時候部落的住民和所有的動物都會中毒而死！這個引爆器是最後不得已的時刻才使用的。」

瓦歷握著遙控器的手不禁劇烈顫抖起來！他剛剛才把鑰匙插進引爆器的鑰匙孔裡。

「小兄弟，你想清楚了，你按下紅色的按鈕，毀滅的不是我們，而是你的族人和森林。」紅衣頭子說：「你要不要把引爆器交給我保管妥當一點？」

「你不需要這樣嚇唬孩子。我要求你，現在就讓那隻醜陋的大怪獸放下胖酷伊，否則，我們就全部一起毀滅！」夏雨用充滿威脅的口吻說。

森林裡一片寂靜，隱約聽見彼此因為不安而略顯急促的呼吸聲。

紅衣頭子說話了：「你千萬要小心收好那個引爆器，你們想讓『全能一號』放下木頭人，得先把鑰匙交給我，我才能啟動電腦。」

瀰漫著濃霧的森林裡傳出兩個猛烈的噴嚏，第二個噴嚏之後緊接著傳出重物墜地壓斷樹枝的聲音。

「哎呀！糟糕了！」瓦歷發出一聲慘叫：「我跌倒壓到引爆器按鍵了！」

嗶嗶嗶嗶！嗶嗶嗶嗶！引爆器的警報聲響了起來。

「天哪！這下才真的是完蛋了！」紅衣頭子發出恐怖的哀嚎聲：「引爆器

一旦啟動，『全能一號』也會跟著啟動，電腦也無法控制，這下子神仙也無法挽回了。引爆器是接近自殺式的設計……我們還沒來得及修改程式……」紅衣頭子痛苦的自言自語。

嗶嗶聲近得彷彿就在耳畔。優瑪、夏雨和副頭目們心跳瞬間加速，全身的寒毛也全都豎立起來！他們感覺得到，大尾巴怪獸已經在附近走動。瓦歷的鼻子癢得難受，但是他不敢舉起手抓癢，他擔心舉手的剎那，會碰觸到已經悄悄靠近的大尾巴怪獸。

彷彿故意捉弄這群人似的，霧，在這個時候全散了，微弱的陽光撒了下來。大夥兒眼睜睜看著大尾巴怪獸眨了兩下眼睛，抱著胖酷伊一溜煙的消失了。

紅衣部隊顧不得優瑪這些人，全都急忙追蹤大尾巴怪獸去了。

「這下怎麼辦？我們又錯失了救胖酷伊的機會。」優瑪用手掌蒙住臉哭了起來：「他會和怪獸一起炸成碎片。」

「這些人到底是做什麼的呀！居然將一隻這麼可怕的機械獸帶來卡嘟里森林。」多米忿忿的說。

「他們覺得所有的發明試驗都得有犧牲者，而卡嘟里森林就是倒楣的犧牲者。」闖入者虛弱的說著。他被揍得很慘，全身都是傷。夏雨幫他解開了身上的繩索。

「他跟紅衣人是一夥的！」優瑪說：「他的黑色外套裡穿著一模一樣的紅衣服。」

「沒錯，我原來是這個組織裡的一分子，」闖入者拉下黑色外套的拉鍊，露出紅色的衣服。「最終，我受不了良心的折磨決定離開，更決定不惜任何代價也要摧毀那隻機械獸。」

「如果成功完成這隻機械獸的最後階段，害死的人數將會是卡嘟里部落的千萬倍之多。」闖入者神情嚴肅的說：「我們的組織擁有最頂尖的科技人才，這隻機械獸是鄰國高價委託我們製作的，準備用在軍事上。我們花了十年，終於研發出一隻多功能的機械獸。這隻機械獸非常了不起，它使用的零件既輕巧又精密，所以非常的輕，而且有自動錄音功能，只要有人的聲音就會自動開啟；也可以進入敵營施放毒氣；它還有戰鬥力，可以感應到有體溫的動物和人，適合叢林戰爭時深入敵營蒐集情報，甚至放置炸彈，遇到攻擊它也會反擊。『全能一號』的設計相當精密，所有的電器機件它都會操作，包括電腦。」

優瑪和副頭目們聽得目瞪口呆，怎麼也想不到闖進卡嘟里部落的不是罕見的動物，而是這麼恐怖的科技怪物！

「為什麼這麼大的機械獸經過的地方沒有留下腳印？」夏雨問。

「『全能一號』腳底有設置清除腳印的機關，抬腳的瞬間會噴出氣體讓自己離地懸浮，因此根本不會留下腳印，連草地上的葉片也不會有折痕。」闖入者說。

「為什麼選卡嘟里森林做試驗呢？」夏雨問。

「因為這裡夠隱密，林相也保存得非常完整，很接近叢林戰的場景。」

「你們真的壞透了！」多米憤怒的罵了一句。

「對，我們真的壞透了。所以，我才會放走這個大傢伙，原想將它引到懸崖邊，讓它摔下懸崖碎裂，沒想到一時疏忽，讓它逃走。如果在啟動狀態沒有人遙控，大傢伙就會自動開啟『自主功能』，可以自由活動，抓走任何它想抓想打的人或動物。」闖入者說。

「原來，把森林動物打得鼻青臉腫的就是大尾巴怪獸。」多米恍然大悟。

「距離引爆還有多少時間？」夏雨問。

「還有兩個小時。」闖入者說。

「引爆後就會有毒氣散發……完全沒救了嗎？」吉奧憂心的問。

「不是沒得救，而是得先逮住它，然後拆下炸彈引線，你沒看那群人急急忙忙追出去。」闖入者說。

「怎麼辦？萬一大尾巴怪獸在進入部落的時候引爆怎麼辦？」優瑪焦慮的走來走去。

「你們現在唯一能做的，就是趕快下山將族人帶離這片森林。一旦爆炸，部落一定會受到影響。」

「那我們先下山，然後將族人疏散到山腳下。」優瑪說：「我們只剩下兩個小時的時間，動作要快。」

「我來背以前奶奶。」夏雨走向以前奶奶，動作輕柔的將她背上。

「大樹，你可以過來了。」優瑪朝對岸喊著。

沒多久，大樹來到優瑪面前。

「帕克里和其他人呢？」優瑪問。

「帕克里和阿莫還有其他人跟蹤紅衣人去了。」大樹說。

「帕克里怎麼說？」優瑪問：「他看到長矛上的閃電圖案嗎？」

「我們每個人都看見了，明白閃電符號代表的是危難，所以知道你們有危險。」大樹說：「今天是霧幫了大忙。」

「夏先生，以前奶奶我來背吧！你那身瘦骨頭怕到了部落就散成一地了。」大樹接過以前奶奶背在背上，一行人加快腳步往部落的方向前去。

15

痛苦的抉擇

兩隻黑熊一前一後滿足的散步在林間，看起來神情相當輕鬆，彷彿剛剛享用一頓美味的午餐。

大尾巴怪獸腋下挾著胖酷伊，遠遠望著兩隻大黑熊。胖酷伊聽著從大尾巴怪獸心臟位置發出的滴答聲，這聲音在今天以前沒有出現過。胖酷伊仰頭望著大尾巴怪獸的臉，它的眼睛交錯閃著藍色和紅色的光，胖酷伊第一次對大尾巴怪獸感到害怕，覺得這個大傢伙變得不一樣。胖酷伊感覺自己可能再也見不到優瑪了。

大尾巴怪獸突然拔腿衝向走在前頭的公黑熊，公熊見狀，立起身子，怒吼一聲，擺出準備戰鬥的姿勢。但是，強壯的大黑熊面對這隻怪獸，一身的力氣完全使不上。公熊被怪獸單手高高舉起，轉了幾圈，然後拋到遠遠的地方，重重摔下。母熊撲上去，撞倒大尾巴怪獸，龐大的身軀卻被躺在地上的怪獸抬腳一踹，飛得半天高後重重摔下。

兩隻大黑熊吃力的站起來，用充滿哀怨、憤怒、恐懼及不解的眼神望著大尾巴怪獸好一會兒，才帶著一身的傷離開。那種眼神胖酷伊在夏雨帶來的照片上看過，猴子明星、山羌、梅花鹿以及其他受傷的動物眼裡都出現過這種眼神，應該都是這隻大尾巴怪獸造成的。優瑪是否已經知道這些事呢？胖酷伊焦慮的想著。

大尾巴怪獸站起來搜尋四周。一張大鳥網擋住它的去路，它憤怒的扯下鳥網，三、兩下就把網子撕得粉碎。它毫無目的的在森林裡走著，看到動物就衝上前毒打一頓，但只是讓動物受傷，沒有殺害牠們的意圖。如果附近剛好有紅外線體溫偵測照相機，它就找出來，對著受傷的動物按幾下快門。胖酷伊發覺滴答聲變得急促，大尾巴怪獸的行為也更加急躁、失常。

大尾巴怪獸把胖酷伊當玩具一樣甩來甩去，拋高又接住，搞得胖酷伊暈頭轉向。大尾巴怪獸看見樹上有一隻條紋松鼠，它單手抓起胖酷伊朝松鼠用力扔過去，松鼠俐落的躲開，胖酷伊則結結實實的撞上樹幹。這一撞不得了，胖酷伊幾乎要解體，他昏沉踉蹌的站起身，背靠著樹幹，慢慢讓自己回過神來。

過了好一會兒，胖酷伊才完全清醒過來。他眨著眼，一臉疑惑的觀察四周環境，眼神充滿了猶疑與不安。胖酷伊伸出手，看著自己的兩隻手臂，他動了動手指頭，轉了轉手腕，接著他伸出右腳，再伸出左腳，摸摸自己圓滾滾的肚子，然後眼珠子轉了幾下，快速的眨眼睛，彷彿這是他第一次看見自己的手腳和圓圓的肚子。

忽然之間，他像一個醉酒的人，經過一段又沉又長的睡眠之後，醒了過來，腦子裡翻騰著舊的、新的記憶，讓他看起來像一個因為迷路而慌亂的登山客。

這時，大尾巴怪獸又朝胖酷伊撲過來，胖酷伊俐落的往上彈跳，一彈半天高，降落在樹枝上。

一隻隱身在矮樹叢的山豬，無法相信自己的眼睛，牠看到一個完全脫胎換骨的胖酷伊，他的雙腳彷彿裝了超級彈簧，傳說中山豬的剋星胖酷伊變得更可怕了！趁他還在樹上，趕緊開溜吧！山豬悄悄的溜走了。

大尾巴怪獸氣急敗壞的搖著樹幹，企圖讓胖酷伊摔下來。胖酷伊穩穩的站在樹枝上，嘴角微微上揚，冷靜的看著幾乎瘋狂的大尾巴怪獸，他想捉弄一下這個大傢伙。胖酷伊突然一個蹬腳跳向另一根樹幹，接著便像一顆彈力絕佳的皮球一般，在樹幹上彈來跳去，大尾巴怪獸毫無頭緒的胡亂追逐，直到胖酷伊發現大尾巴怪獸的眼睛快速閃著紅光，心臟部位的滴答聲變成刺耳又尖銳的長音。胖酷伊強烈感應到大尾巴怪獸體內有一種危險的訊號。

胖酷伊遲疑了幾秒鐘，終於舉起右手用食指指著大尾巴怪獸說：

「卡嘟里卡嘟里第二十一號願望，砰！」

一道金黃色的強光從胖酷伊的右手食指射向大尾巴怪獸。大尾巴怪獸一陣顫慄後瞬間停止所有動作，它全身雪白的毛髮焦黑了一大半，像一個被丟棄的故障機器玩偶，嘴巴半張著，傻愣愣的跌坐在地上，由耳朵、嘴巴和鼻孔冒出黑煙。

胖酷伊跳下樹枝，觀察了大尾巴怪獸一會兒，確定沒有任何危險了，再走到樹下坐下來。一道金黃色光束從胖酷伊的肚臍眼竄出，變成一顆金黃色球體，金黃色的球彈跳幾下後，變成樹形小矮人。他看著胖酷伊木雕，好久好久之後，輕輕的呼出一口氣，轉身彈跳幾下，然後態度堅決的跳離現場。

胖酷伊木雕失去支撐，歪歪斜斜的靠在樹幹上，張著一張大嘴傻乎乎的笑著，完全變回優瑪剛剛完成胖酷伊木雕時的模樣。

檜木精靈在森林裡跳著跳著，速度愈跳愈慢，彈跳的高度也愈來愈低，終於停止彈跳，他緩緩轉身，跳回胖酷伊木雕倒下的地方。他看著胖酷伊木雕，突然流下兩行淚。

檜木精靈想起所有的事，關於優瑪、胖酷伊、吉奧、瓦歷、多米、帕克里還有以前奶奶，以及卡嘟里部落的點點滴滴……

他想起和優瑪一起度過的六年快樂時光，優瑪當他是兄弟……

到底該怎麼辦呢？檜木精靈內心痛苦的掙扎。

如果像沙書優一樣不告而別，優瑪又該怎麼辦？她已經失去沙書優了，怎麼承受得住再失去胖酷伊？

檜木精靈痛苦的閉上眼睛，變回成金黃色的球體，迅速的在樹幹間來來回回不斷的彈跳，一直到他想清楚，做了決定。

檜木精靈終於停下來，他站在胖酷伊木雕面前，化成一道金黃色的光束，重新鑽回胖酷伊的肚臍眼。

就在大尾巴怪獸身上的引爆器被啟動，怪獸抱著胖酷伊逃入森林的九十分鐘後，有一個神祕的小個子在濃霧的遮掩下來到瓦歷家。瓦歷家屋簷下掛著兩個竹編的鳥籠，一個鳥籠是空的，另一個鳥籠關著阿通畫眉。鳥籠的門突然被打開，阿通畫眉跳到門上的竹片，神祕的小個子舉起右手食指小聲的說：「卡嘟里卡嘟里第二十二號願望，砰！」

一道金黃色強光打在阿通畫眉的身上，阿通畫眉跌下鳥籠的剎那，變回阿通的模樣著地。阿通用顫抖的手摸著自己的臉、胸口和身體，激動的痛哭起來：「我變回人了，我終於變回人了！艾娜，你親愛的丈夫回來了！」

神祕的小個子悄悄離開瓦歷家，回到森林裡，消失在濃霧中。

優瑪、夏雨和副頭目們正加快腳步往部落的方向奔去，大樹背著以前奶奶走在最後面。以前奶奶醒了，不清楚究竟發生什麼事，也不清楚自己為何被人背著走，但是看見優瑪和她的朋友們走在前面，以前奶奶覺得心安。趴在大樹背上起起伏伏又搖搖晃晃的，以前奶奶覺得舒服極了，很快又睡著。

「砰、砰、砰。」卡嘟里森林響起三聲響亮的槍響！

這是族人通知部落有急事速回的訊號！

「我們得趕回部落，不知發生什麼事了？」優瑪神情嚴肅的說。

「會不會是大尾巴怪獸跑到部落去了？」多米臉色蒼白的說。

「它如果跑到部落爆炸……」吉奧話說一半，另一半卻不敢說出口。

「無論如何，我們得趕回去做最後的努力。」優瑪說完急匆匆的加快腳步下山。

「我跟你們回去，也許我可以幫上忙。」闖入者說。

「你說無論如何都無法阻止爆炸，你還能幫什麼忙？」吉奧一點也不客氣的反問。

「我可以將它引到偏僻沒有人煙的地方。我知道怎麼做可以吸引機械獸的注意。」闖入者說。

一行人匆忙的穿越森林，以最快的步伐回到部落。

瓦拉在山徑上攔住優瑪。

「大尾巴怪獸在天神的禮物平台。」瓦拉指著岩石山的方向說。

「天哪！它真的跑到部落裡來了。」多米驚恐的說。

「優瑪，那裡還來了一群穿紅衣服的人，他們看起來非常生氣，因為大尾巴怪獸好像死了一樣。」瓦拉急促的說。

「那他們不就要氣死了。」闖入者冷笑著說。

優瑪等人來到天神的禮物平台，平台上擠滿看熱鬧的族人，以及憤怒的紅衣人。紅衣人拿著遙控器按遍所有按鍵，都無法讓大尾巴怪獸起死回生。

「你們對它做了什麼？」紅衣人沮喪的問。

「我們什麼也沒做。我們發現它的時候，它就是這個姿勢坐在這裡。」帕克里說。

大尾巴怪獸面對部落的方向坐著，身上的毛髮因為體內的零件走火而呈現不規則的黑色燒焦痕跡。

「這個大傢伙報廢了。哈哈。」闖入者幸災樂禍的笑了起來。

「到底是誰對它做了什麼？」紅衣頭子一臉痛苦的叫了出來：「它不可能這麼輕易就被摧毀的。不可能。」

「這個大傢伙完蛋了，但是胖酷伊呢？他回來了嗎？」優瑪急切的問。

「沒見到胖酷伊。」瓦拉說。

優瑪臉色沉了下來，一顆心卻往上提。

紅衣頭子看著大尾巴怪獸，然後便閉起眼睛，咬牙皺眉，許久才睜開眼睛，深深的吐出一口氣，說：「帶走『全能一號』，我們撤回總部。」

「我們怎麼向四國的頭子交代？」其中一個紅衣人問。

紅衣頭子緊蹙雙眉，一語不發，他盯住闖入者好幾秒鐘後說：「也帶走這傢伙，我們走。」

「我警告你們永遠都別再踏入卡嘟里森林，就算以後再發明什麼『全能二號、三號』，也不准自私的拿別人的森林土地做試驗。」優瑪口氣堅決。

紅衣頭子看了優瑪一眼，眼神裡露出幾分讚賞、幾分怨恨，還有幾分無可奈何，接著就不置可否的轉身離開，兩個紅衣人推了闖入者一下，示意他跟著走。其他紅衣人則扛著故障的大尾巴怪獸離開平台。

闖入者邊走邊回頭對優瑪說：「你是個勇敢的小頭目。」

優瑪和副頭目們目送這群紅衣人離開。他們想著，國家、戰爭這些東西對卡嘟里部落而言都是遙遠又不切實際的東西，他們擁有美麗的卡嘟里山、森林和部落，有勤奮善良的族人、有帶來美好的卡里卡里樹，還有大自然所有的花花草草、風雨和陽光，這些都讓他們感到幸福與知足。

「到底是誰制伏了大尾巴怪獸呢？」瓦歷望著大尾巴怪獸的背影，心有餘悸的說。

「也許是機械故障。」夏雨說。

「也許是憤怒的胖酷伊，千鈞一髮之際，發揮最大的潛能，狠狠的揍了大尾巴怪獸一頓，造成線路短路。」吉奧說。

「胖酷伊會不會也跟著燒焦了？」多米說。

「你別胡說，」優瑪說。「我相信他已經逃脫了。」

「胖酷伊傻乎乎的，知道怎麼逃嗎？」多米說。

「我也相信他逃走了。你們看，那個小傢伙是誰呀！」夏雨笑咪咪的說。

胖酷伊正緩緩走上平台。

幾個人全擁上前去，拉著胖酷伊又摸又親又抱。

「謝天謝地，你終於回來了，胖酷伊，我無法想像失去你會怎樣。」優瑪抱著胖酷伊哭了起來，胖酷伊也哭了，一堆人都哭了。

「胖酷伊，你快點告訴我們，到底是誰制伏了大尾巴怪獸？」多米急匆匆的問。

「是啊，你一定看到了，是誰？」優瑪也著急得想知道答案。

胖酷伊眼珠子轉了兩圈，努力想了一下才說：「我沒有看到，我被大尾巴怪獸丟去撞樹，整個人暈倒，醒來之後，就不見大尾巴怪獸了。」

「真可惜，你沒有暈倒就好了。」多米感嘆的說。

「就是因為胖酷伊暈倒了，才躲開了和大尾巴怪獸一樣被燒焦的命運。」優瑪說。

「那不是阿通嗎？」夏雨看見阿通和艾娜朝平台奔跑而來。

「是啊，是阿通，他怎麼變回人的呀？」大樹說。

「爸爸！」瓦歷興奮的奔向阿通。

平台上的人也跑下平台迎向阿通，彷彿是一群失散多年的親人相聚，幾個人又抱又跳又哭又笑，連樹上的幾隻獼猴都看傻了眼。

夏雨看著阿通，感動得眼眶都紅了！阿通難為情的走向夏雨，眼裡含著淚水，他們相互凝視了幾秒鐘，阿通舉起拳頭，輕輕的捶了一下夏雨的胸口說：「卑鄙的傢伙，謝謝你。」

夏雨立即回報一拳：「歡迎你回來，卑鄙的臭傢伙！」

兩人相視而笑，那笑容如溫暖的陽光，終於融化了仇恨。

胖酷伊神情憂傷的望著卡嘟里部落籠罩在一層淡淡的霧色裡，已經有炊煙冒出來了，但是誰也無法分辨哪些是霧，哪些是炊煙。

胖酷伊知道自己就要離開這個美麗的部落了。

他在等一個好時機。胖酷伊低下頭，看見自己的雙腳正好踩在沙書優留在平台上的太陽圖案，他往後退了一步，平台上露出了完整的太陽。

胖酷伊看著太陽圖案在心裡問了一句：「沙書優，你可以告訴我，何時才是最好的時機嗎？」

16 神奇與夢幻的森林

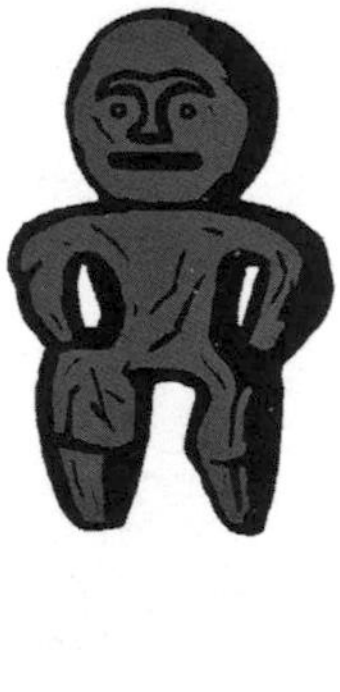

經過一連串事件的折騰後，這個夜晚顯得特別的寧靜舒適。

優瑪走進以前奶奶房間，鑽進她的被窩抱著她睡。

「姨婆，讓我睡在這裡，我要和你一起睡。」

「傻瓜！我以為小頭目長大了呢！呵呵。」

「姨婆，沙書優現在會在哪裡呢？他有沒有棉被蓋？」

「沙書優是大人了，他會找一個可以躲避風雨和毒蛇的地方，享受安靜又舒適的夜晚。」以前奶奶語調平和的說。

「他會遇到熊嗎？熊會傷害他嗎？」

「他也許會遇到熊，但是，熊只要看見沙書優的眼睛，就會認出那是屬於朋友的友善眼睛。」

「沙書優什麼時候會回家？」

「當他覺得累了的時候。」

「他什麼時候才會覺得累呢？」優瑪的眼皮愈來愈沉重，睏得聽不到以前奶奶說的話了。

天快亮的時候，以前奶奶動作輕巧的下床，緩緩拿起一件掛在椅背上的外套，走出房門口。優瑪趕忙跟著跳下床，來到門邊探出一隻眼睛，留意以前奶奶的動靜。以前奶奶走出庭院，往森林的方向走去。

清晨的溼氣讓山徑上的泥地顯得又溼又黏，以前奶奶經過的路都留下一個個的小腳印。優瑪很驚訝的發現，腳印的大小以及紋路，居然和迷霧堡主提供的腳印線索一模一樣！難道森林裡出現的神祕黑衣人，是以前奶奶嗎？

優瑪小心翼翼的尾隨在後。她看見以前奶奶穿上雨衣，套上雨帽，步履緩慢的走在山徑上，月光從樹梢縫隙灑落，讓路徑依稀可辨。以前奶奶太老了，走著走著摔了一跤。優瑪心一驚，跨出一大步想扶她，又及時停住，擔心如果被發現，她今天的計畫就泡湯了。看著以前奶奶不斷的摔倒又爬起，優瑪也只能暗自心疼。

以前奶奶走向一棵樹，伸手朝樹洞裡探了探，彷彿在尋找什麼。她走向另一棵樹，又將手伸入樹洞裡，抓出一堆枯樹葉扔掉，再走向另一棵樹。突然間，一道光閃了一下，以前奶奶嚇了一跳，走向閃光處，取下樹上的照相機把玩，突然將相機朝向優瑪躲藏的位置，相機「啪」的一聲同時閃出一道強光。優瑪被迫露出行蹤。

「你是誰呀？為什麼跟蹤我？」以前奶奶生氣的說。

「我是優瑪，姨婆。」優瑪走向以前奶奶。

「我不認識你，你怎麼叫我姨婆呢？」以前奶奶將照相機擺回原來的位置，繼續往前走。

「你快點走開，小孩子不要在森林裡逗留太久。」以前奶奶揮手示意優瑪離開。

「你在找什麼呢？」優瑪問。

「我又不認識你，不能說呀！不能說。」以前奶奶搖著頭說。

優瑪覺得很沮喪，以前奶奶居然完全不認識她！

「那麼，我幫你找好嗎？」優瑪說。

「好哇！就藏在樹洞裡。你得找仔細點。」以前奶奶說。

「但是，要找什麼呢？」優瑪問。

「一把木梳。很漂亮的木梳，你知道的，烏娜，你知道那是巴布送我的。」以前奶奶說。

優瑪無奈的看著以前奶奶，她把她當成烏娜了。

那根斷裂的木梳讓以前奶奶回到從前，現在得靠這把木梳讓以前奶奶回到現在了。優瑪從口袋裡拿出一把和斷裂木梳長得一模一樣的木梳，放進其中一個樹洞裡。

「姨婆，這個樹洞很漂亮，你來找找看。」優瑪喊著。

以前奶奶緩緩的走過來，將手伸進樹洞裡。她的眼睛突然睜得又圓又大，嘴角露出笑意，她拿出一把木梳，一臉幸福的看了又看：「是啊，就是這把木梳，就是這把木梳哇！」

優瑪滿意的望著以前奶奶：「這把木梳好漂亮呢！」

「是啊！巴布的手藝是最棒的。」以前奶奶用木梳梳兩下頭髮，臉上露出了戀愛時特有的甜蜜微笑。

優瑪看著以前奶奶，也展露出甜甜的微笑。愛情就是這麼回事吧，迷人卻也折磨人。

「姨婆，找到木梳了，我們回家吧！」

以前奶奶安靜的讓優瑪攙扶下山。

回程的路上，優瑪在山徑上遇見夏雨、阿通和瓦歷一路有說有笑的往深山方向走去。

「嘿，小頭目，以前奶奶，你們早哇！」夏雨和阿通同時揮手招呼著。

「你們……」優瑪頓了一下，問：「一起上山？」

「是啊，我們今天要去拍攝大冠鷲，阿通知道他們的窩在哪裡。」夏雨神采飛揚的說。

「我們會在山上埋伏幾天，假裝是一棵樹，你知道的，要拍攝鳥不可以驚動牠們，如果被牠們發現，牠們就會棄巢搬家了。」阿通滔滔不絕的說。

「阿通以前是一隻鳥，」以前奶奶笑咪咪的說：「後來就變成人了。你說這森林怪不怪？」

聽以前奶奶顛三倒四的說話，瓦歷笑著說：「爸爸，你再說一遍那段神奇的經驗嘛！優瑪和以前奶奶會想聽的。」

「說我怎麼從胖畫眉又變成阿通是吧！沒問題，我可以說一百遍。優瑪頭目，你要聽仔細，這可是要記錄在頭目日記裡的。」

優瑪微笑著點頭同意。

「你們無法想像一個人變成鳥之後的那種沮喪！是鳥的身體卻有人的思維，想跑卻跑不動也跑不快，想伸手抓癢，伸出來的居然是翅膀，真是痛苦！那天，我正想著美味的毛毛蟲時，對，真的是毛毛蟲，我想我那時候就快要變成一隻真正的胖畫眉了。我想著毛毛蟲，突然鳥籠就自己打開來，我跳到門上的那根竹片上，忽然一道金黃色的光束射向我的身體，我熱得差一點著火，摔下鳥籠後，我是用兩隻腳著地的。就這樣，我變回了阿通。我感謝那股神祕力量的幫助，讓我可以腳踏實地的在地面上行走。」阿通的眼眶泛紅，眼淚湧了出來：「天哪！我要用我這一生剩下的生命，報答天神，報答這片森林！」

「我爸爸最近常常哭，以前我都不曉得他居然會哭呢！」瓦歷在一旁故意說阿通的糗事。

優瑪看得出來，瓦歷現在很快樂，他絕對願意用他收藏的所有種子換回一個會哭的爸爸。

「臭小子，你就會扯我的後腿。」阿通輕輕拍著瓦歷的頭。

「神祕力量，又是神祕力量。」優瑪說：「是檜木精靈嗎？」

「不曉得。」阿通說：「當時我的身邊沒有人可以許願。這很奇怪。」

「卡嘟里森林本身就是一個充滿神奇與夢幻的森林。阿通一會兒變成鳥，一會兒又變回人，一點也不稀奇。」夏雨說。

「是啊！卡嘟里森林本身就是一個充滿神奇與夢幻的森林。」優瑪微笑著重複夏雨的話。她喜歡這句話。

「我算是這件事的最大受益者，你看，我多了兩個得力的幫手。」夏雨得意的說。「我們得走了，錯過機會，得再等一百年呢！」夏雨學著扁柏精靈的語調說。

「走吧！卑鄙的傢伙。」阿通朝夏雨的肩膀擊出一拳，兩人又裝模作樣的邊打鬧邊朝森林走去。

優瑪目送這三個人的背影，臉上露出滿意的微笑，甚至開心的笑出聲來。

「你笑什麼呢？」以前奶奶看著優瑪微笑著問。

「夏雨和阿通終於變成好朋友，阿通不抓鳥，改成跟著夏雨去做研究了。」優瑪笑著說。

「他們本來就是好朋友嘛！」以前奶奶說著也笑了起來：「呵呵，人的一生裡有幾個好朋友，是值得開心大笑的呀！」

回到家，天已經大亮了。

「優瑪，你還沒吃早餐吧？我煮些小米粥給你吃。」以前奶奶說。

以前奶奶又回到現在了。

優瑪和以前奶奶安靜的吃完早餐。

「不知道怎麼了，我覺得好累呀！我去睡一下。」以前奶奶打著呵欠離開餐桌。

天空開始飄雨了。

下過一場雨的卡里溪澎湃洶湧起來，溪水奔騰的聲音響亮又清脆。

優瑪和胖酷伊站在卡里溪橋上，用手肘撐著橋牆，看著湍急的溪水奔騰而過。

「胖酷伊，面對機械獸的時候，你害怕嗎？」優瑪問。

「面對那麼巨大的怪物，當然害怕。我害怕還沒有跟你說再見就死了。」胖酷伊說。

「胖酷伊。」優瑪心疼的將胖酷伊抱起來，放在橋牆上，用手環抱著胖酷伊圓圓的腰。「不會的，我們會在一起長長久久，就像這條溪流一樣。」

胖酷伊心事重重的低頭看著自己的腳趾頭。他想著，該什麼時候告訴優瑪，森林裡發生的那些她和副頭目們都不知道的事呢……

創意閱讀
寫作術

小頭目訓練❷
和神木交朋友

本單元摘自《糟糕，我扮鬼臉了》，作者／張友漁，出版／親子天下

我有一個朋友住在阿里山，它已經一千七百歲了。
它就是阿里山巨木林編號十七號巨木。

當你有一個朋友住在阿里山，別人上山遊玩，而你卻是去看朋友。從你嘉義火車站坐上小火車開始，想像老樹也正在山上等著你的到來，你的胸口裝滿溫暖與期待，懷抱著這樣的心情，讓車窗外不斷倒退的風景與樹林，以及途中一切的種種，都因為你正要去探望朋友而變得美好。

朋友相聚總是件美好的事。
你有一千七百歲的朋友嗎？
去阿里山上交一個千年巨樹當朋友吧！
它會告訴你許多的故事。

1 在校園裡、公園、阿里山或拉拉山，找一棵你最喜歡的樹當朋友，有空的時候就去看看他。

2 如果每天上學的路上會經過一棵你很喜歡的樹，請每天和他說一句話。送上一句最美麗的讚美。

更多有趣的小頭目訓練，等你來挑戰！
請繼續閱讀【小頭目優瑪系列】第四集《失蹤的檜木精靈》

少年天下系列 066

小頭目優瑪3
那是誰的尾巴

作　　者｜張友漁
繪　　者｜達姆

責任編輯｜張文婷
特約編輯｜游嘉惠、劉握瑜
美術設計｜唐唐
行銷企劃｜葉怡伶

天下雜誌群創辦人｜殷允芃
董事長兼執行長｜何琦瑜
媒體暨產品事業群
總經理｜游玉雪
副總經理｜林彥傑
總編輯｜林欣靜
行銷總監｜林育菁
副總監｜李幼婷
版權主任｜何晨瑋、黃微真

出版者｜親子天下股份有限公司
地址｜台北市 104 建國北路一段 96 號 4 樓
電話｜（02）2509-2800　傳真｜（02）2509-2462
網址｜ www.parenting.com.tw
讀者服務專線｜（02）2662-0332　週一～週五：09:00~17:30
讀者服務傳真｜（02）2662-6048
客服信箱｜ parenting@cw.com.tw
法律顧問｜台英國際商務法律事務所・羅明通律師
製版印刷｜中原造像股份有限公司
總經銷｜大和圖書有限公司　電話：（02）8990-2588

出版日期｜ 2015 年 6 月第一版第一次印行
2024 年 3 月第一版第六次印行
定　　價｜ 280 元
書　　號｜ BKKCK003P
ISBN ｜ 978-986-91881-3-5（平裝）

訂購服務
親子天下 Shopping ｜ Shopping.parenting.com.tw
海外・大量訂購｜ parenting@cw.com.tw
書香花園｜台北市建國北路二段 6 巷 11 號　電話（02）2506-1635
劃撥帳號｜ 50331356 親子天下股份有限公司

國家圖書館出版品預行編目資料

小頭目優瑪3：那是誰的尾巴？／張友漁 文；達姆
圖；-- 第一版, -- 臺北市：親子天下, 2015.06
224面；17X22公分. --（少年天下系列；66）
ISBN 978-986-91881-3-5（平裝）
859.6　　104008605

卡嘟里